ARAZHUL
COMIC ADVENTURE

WIE ICH IN DER GEISTERSCHULE
NACHSITZEN MUSSTE

ARAZHUL
Studios

Über die Autoren

Roman Fink, den meisten besser bekannt als Arazhul, gehört zu den beliebtesten Let's Playern Deutschlands. Auf seinem 2012 gegründeten Kanal lädt der 1997 geborene YouTuber täglich unterhaltsame Videos hoch. Meistens dreht sich darin alles um das Spiel Minecraft. Mehr als 2 Millionen Abonnenten schauen ihm und seinen Freunden dort dabei zu, wie sie Abenteuer erleben oder einfach nur lustigen Quatsch machen.

Adrian Richter, geboren im besten Jahr – 1987 – in Bergisch Gladbach, ist Comiczeichner und Comicautor. Er studierte Visuelle Kommunikation mit Schwerpunkt auf Illustration, Comic und Grafik in Kassel. Neben seinem hauptsächlichen Broterwerb als Comiczeichner arbeitet er freiberuflich als Illustrator und Grafiker, um sich Tierparkbesuche, Lego-Ritterburgen und ab und zu ein gutes Essen leisten zu können.

FSC www.fsc.org
MIX
Papier aus verantwortungsvollen Quellen
FSC® C106632

1. Auflage

Weyerstraße 88-90
50676 Köln

Umschlaggestaltung und Grafik: © Pedro Itallo Soares Ribeiro
Layout: Renée Richter
Redaktion: Katharina Altreuther
Lektorat: Frank Neubauer

Gesamtherstellung: Community Editions GmbH

ISBN 978-3-96096-143-7

Printed in Poland

www.community-editions.de

ICH SPARE AUF 'NE BEWÄSSE-RUNGSANLAGE ...

... DANN BRAUCHE ICH MEINE BLUMEN NICHT MEHR ZU GIEßEN.

TOK, TOK!
SPART ORDENT-LICH ZEIT.

AHA. MEINE BIRNEN KÖNNEN GEERNTET WERDEN.
FEIN! DAS GIBT AUCH GUTES GELD!
WIE VIEL BRAUCHST DU NOCH FÜR DEINEN BOOTS-VERLEIH?
SOOO.
HUI... DAFÜR MUSST DU 'NE MENGE BIRNEN ERNTEN.
HMM ...

IST ALLES OKAY BEI DIR?
GURKEN WALD
JA, JA ...
NICHT SEHR ÜBERZEU-GEND.
MAAAN GLUBBUX ... MIR IST SUPER-LANGWEILIG ...
... ICH BRAUCH MAL WIEDER EIN BISSCHEN ACTION.
... SO WIE DAMALS, ALS ICH GEGEN DEN BÖSEN ZAUBERER GEKÄMPFT UND WO ICH MAX KENNENGELERNT HABE.

ICH KÖNNTE DICH AUF DEINER INSEL BESUCHEN.
WEIßT DU, LANGEWEILE KANN AUCH EIN MOTOR FÜR NEUE HÖCHST-LEISTUNGEN SEIN.
...
SO INSPIRIERTE EIN FALLENDER APFEL SIR ISAAC NEWTON ZU SEINEM MONUMENTALEN GRAVITATIONS-GESETZ.
UNTER DEM ZIMMER, IN DEM NEWTON EINST LEBTE, STEHT ÜBRIGENS EIN APFELBAUM ...
... DER EIN DIREKTER ABKÖMMLING DES BAUMES SEIN SOLL, VON DEM DAMALS DER APFEL AUF NEWTONS KOPF FIEL.
DING, DONG!

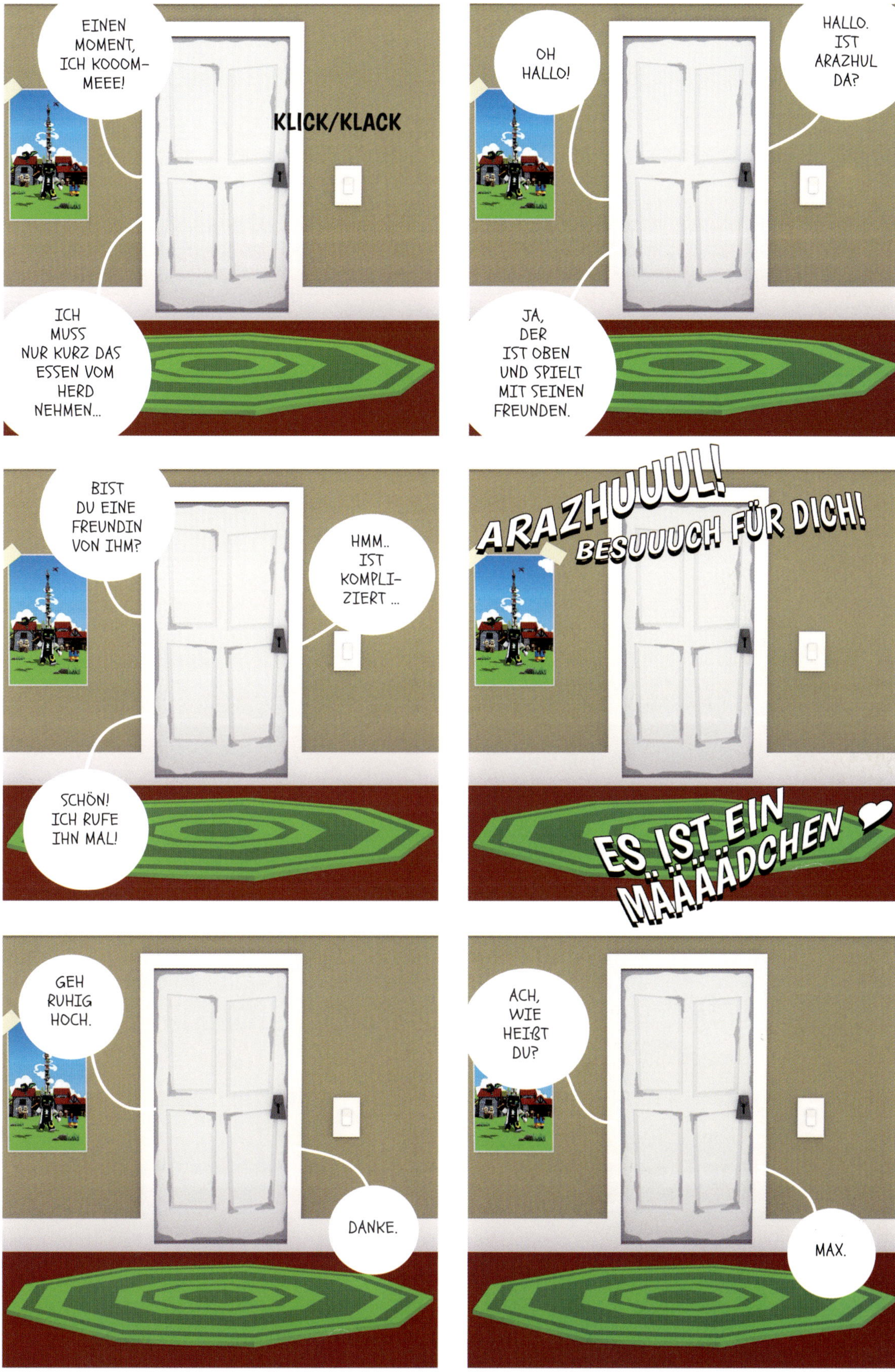
EINEN MOMENT, ICH KOOOM-MEEE!
KLICK/KLACK
ICH MUSS NUR KURZ DAS ESSEN VOM HERD NEHMEN...
HALLO. IST ARAZHUL DA?
OH HALLO!
JA, DER IST OBEN UND SPIELT MIT SEINEN FREUNDEN.
BIST DU EINE FREUNDIN VON IHM?
HMM.. IST KOMPLI-ZIERT ...
SCHÖN! ICH RUFE IHN MAL!
ARAZHUUUL! BESUUUCH FÜR DICH!
ES IST EIN MÄÄÄDCHEN
GEH RUHIG HOCH.
DANKE.
ACH, WIE HEIẞT DU?
MAX.

RAM!
MAX!

WIE COOL, DASS DU MICH BESUCHEN KOMMST!
MIR WAR GRAD SUPER-LANGWEI-LIG!

SCHICKE NEUE HAAR-FARBE, ÜBRIGENS.
DANKE.

WAS WILLST DU MACHEN? SOLL ICH DIR NEUSTADT ZEIGEN?
ICH KENN' DA 'NE EISDIELE, DA GIBT'S 'N SUPER BANANEN-SPLIT!
FUSCH!
ICH WÜSSTE DA WAS BESSERES!
ZOSCH!!
AHH!

PLOP!
WHAT DA FISH?
MAX! WAS HAST DU MIT DR. AUGE GEMACHT!!?
FUSCH!
HA,HA,HA,HA,HA,HA,HA!!

ICH HABE IHN DURCH MEIN PORTAL INS GEISTERREICH BEFÖRDERT!
DORT HAT SEIN LASERSTRAHL KEINE WIRKUNG UND ES GIBT NIEMANDEN, DER MICH NOCH AUFHALTEN KANN!
HA,HA,HA,HA,HA,HA,HA,HA!!
HA,HA,HA,HA,HA,HA,HA,HA!!
MERK ES DIR.
UND NOCH WAS, ICH BIN JETZT MAX POWER!
HE, ARAZHUL, WAS IST DENN DA BEI DIR LOS?!
ACH SO, ICH GLAUBE, WIR ZWEI HABEN NOCH 'NE RECHNUNG OFFEN!
KNICK!
KNACK!
HE ... MAX ... DAS, ÄHH ...
WOLLEN WIR NICHT LIEBER DAS BANANENSPLIT ESSEN GEHEN?
WEIẞT DU ...
... ICH STEH NICHT SO AUF BANANEN.
ABER AUF ...

SPLIT!
HEPP!
AUTSCH!
RAM!
FOSCH!

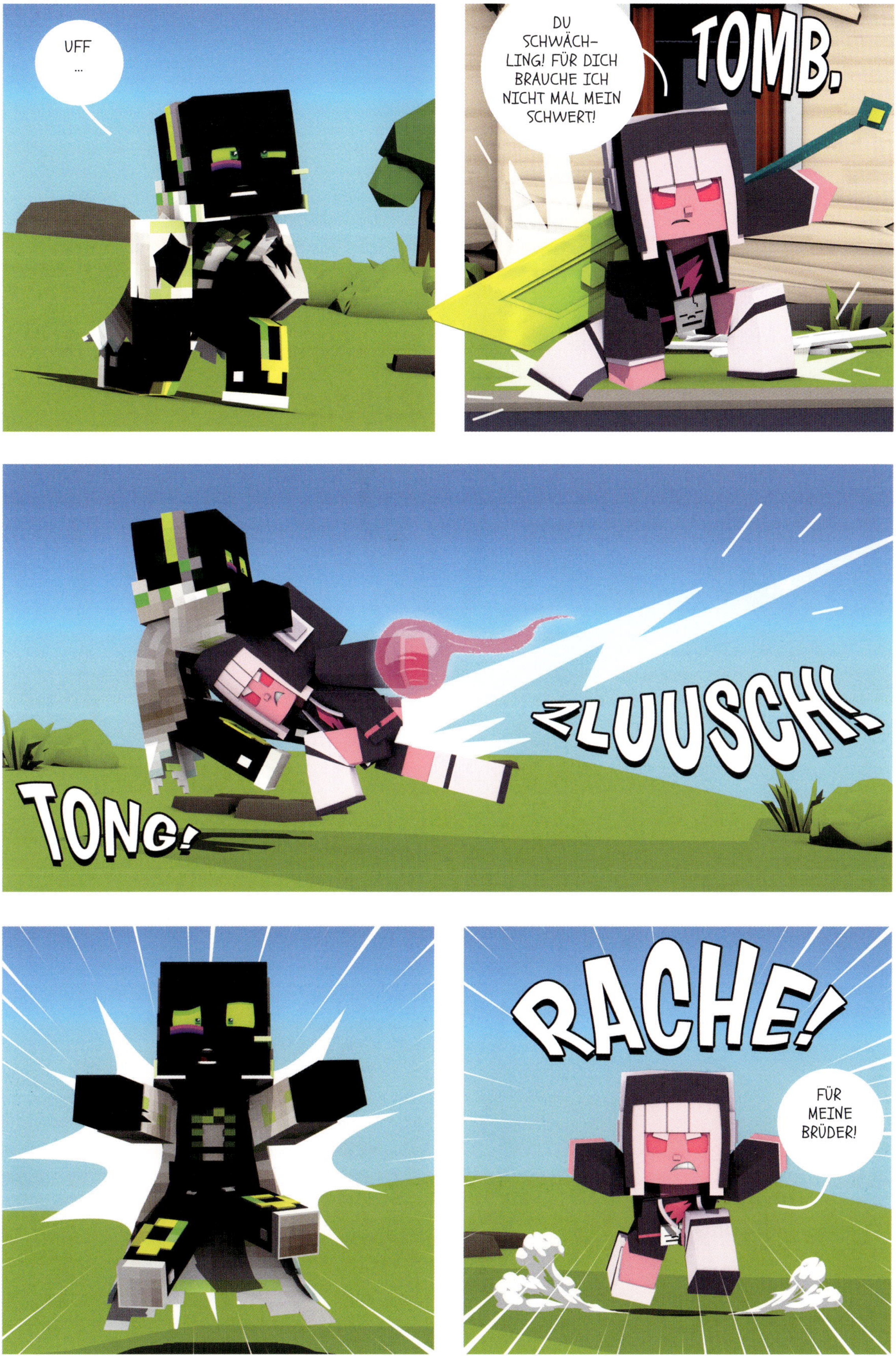
UFF ...
DU SCHWÄCH-LING! FÜR DICH BRAUCHE ICH NICHT MAL MEIN SCHWERT!
TOMB.
ZLUUSCH!
TONG!
RACHE!
FÜR MEINE BRÜDER!

CRUSH!
KRONK!
RATATATATAT

* SIEHE „ARAZHUL COMIC ADVENTURE: WIE ICH DIE WELT RETTETE UND GLEICHZEITIG EINE 3- IM VOKABELTEST SCHRIEB".

ICH WEIß JETZT, WIE ICH DIE SEELEN MEINER BRÜDER FINDEN KANN! VEREINT MIT IHRER ENERGIE WERDE ICH ÜBER ALLE DIMENSIONEN HERRSCHEN!
ABER ERST MAL BEFÖRDERE ICH DICH ZU DEINEM KUMPEL DR. AUGE INS GEISTERREICH!
BUTZ!
RABAUZ!
HA, HA, HA ...
HI, HI, HI ...
KYAHAHAHAHAHA!!
KABOOM!

HALLO?
ALLES OKAY BEI DIR?
HM?
AU ... MEIN KOPF ...

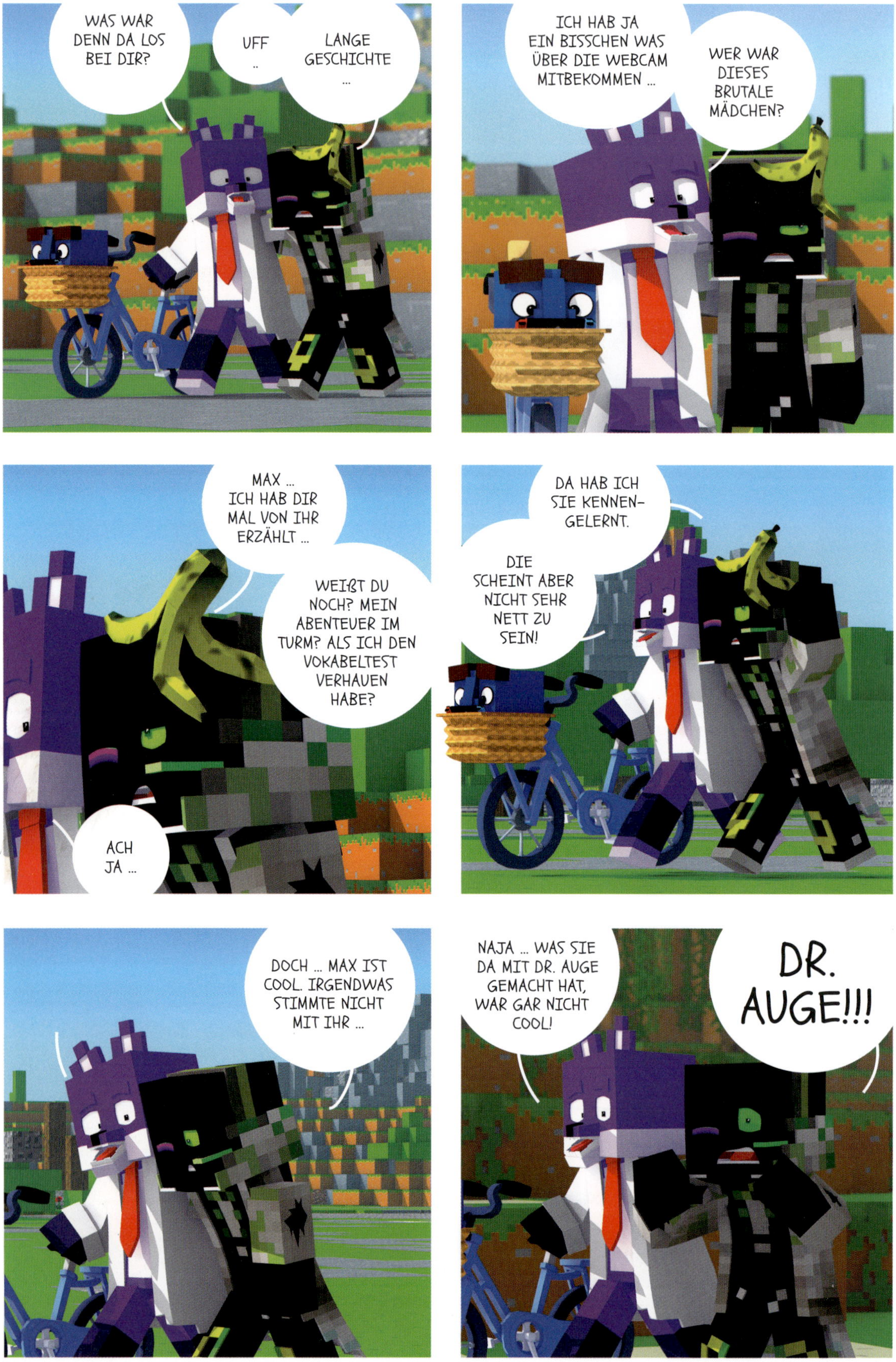
WAS WAR DENN DA LOS BEI DIR?
UFF ..
LANGE GESCHICHTE ...
ICH HAB JA EIN BISSCHEN WAS ÜBER DIE WEBCAM MITBEKOMMEN ...
WER WAR DIESES BRUTALE MÄDCHEN?
MAX ... ICH HAB DIR MAL VON IHR ERZÄHLT ...
WEIẞT DU NOCH? MEIN ABENTEUER IM TURM? ALS ICH DEN VOKABELTEST VERHAUEN HABE?
ACH JA ...
DA HAB ICH SIE KENNENGELERNT.
DIE SCHEINT ABER NICHT SEHR NETT ZU SEIN!
DOCH ... MAX IST COOL. IRGENDWAS STIMMTE NICHT MIT IHR ...
NAJA ... WAS SIE DA MIT DR. AUGE GEMACHT HAT, WAR GAR NICHT COOL!
DR. AUGE!!!

GLUBBUX!! SIE HAT DR. AUGE ENTFÜHRT!!
HEY, LANG-SAM!
OHGOTT-OHGOTT-OHGOTT ...
WAS MACHE ICH DENN JETZT ?!
NUR DIE RUHE! LAOTSE SAGTE: „SCHMUTZIGES WASSER WIRD WIEDER KLAR, WENN MAN ES STEHEN LÄSST".
WAS?!
PASS AUF, DU HOLST DEIN FAHRRAD, DANN RADELN WIR ZU MIR, BE-STELLEN UNS EINE PIZZA UND ÜBERLEGEN UNS WAS.
IST DAS EIN PLAN?
JA, SUPER PLAN ...

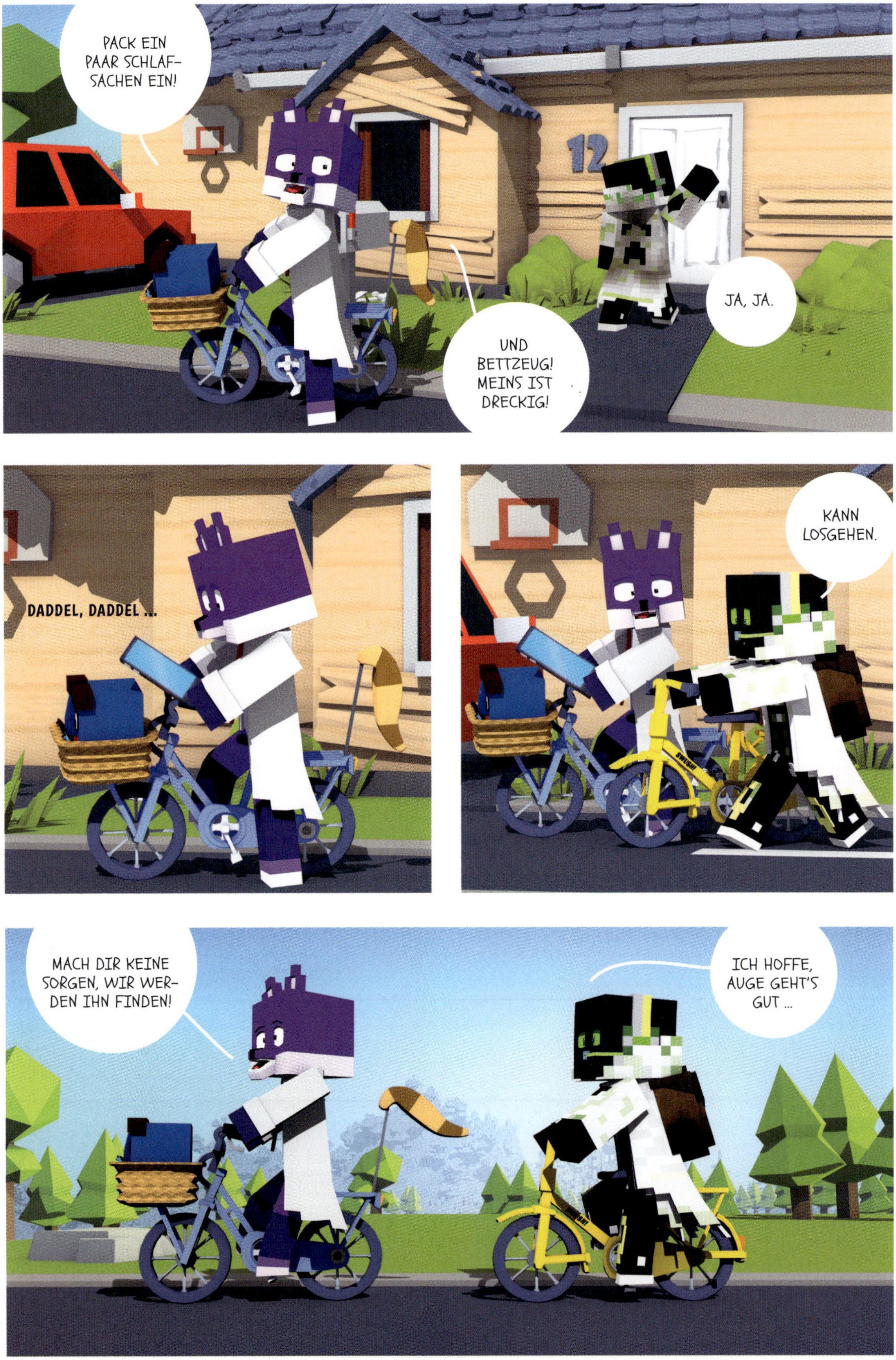
PACK EIN PAAR SCHLAF-SACHEN EIN!
UND BETTZEUG! MEINS IST DRECKIG!
JA, JA.
DADDEL, DADDEL ...
KANN LOSGEHEN.
MACH DIR KEINE SORGEN, WIR WERDEN IHN FINDEN!
ICH HOFFE, AUGE GEHT'S GUT ...

OH GROßER, ALLWISSENDER GEIST DES SEINS!
...
... ICH BITTE DICH, ERHÖRE MICH ...
... BEFINDET SICH IN DEINER NÄHE EINE VERLORENE SEELE NAMENS „DR. AUGE“?
KLICK!
KLACK!

HM.
IST VIELLEICHT KAPUTT ...
WAS ZUR HÖLLE MACHST DU DA?
ICH BEFRAGE DIE GEISTER.
IST KLAR ...
UND DU?
IRGENDWAS IM WEB GEFUNDEN?
ICH SUCHE NACH VERFLUCHTEN ORTEN IN DER GEGEND ...
MAMPF!

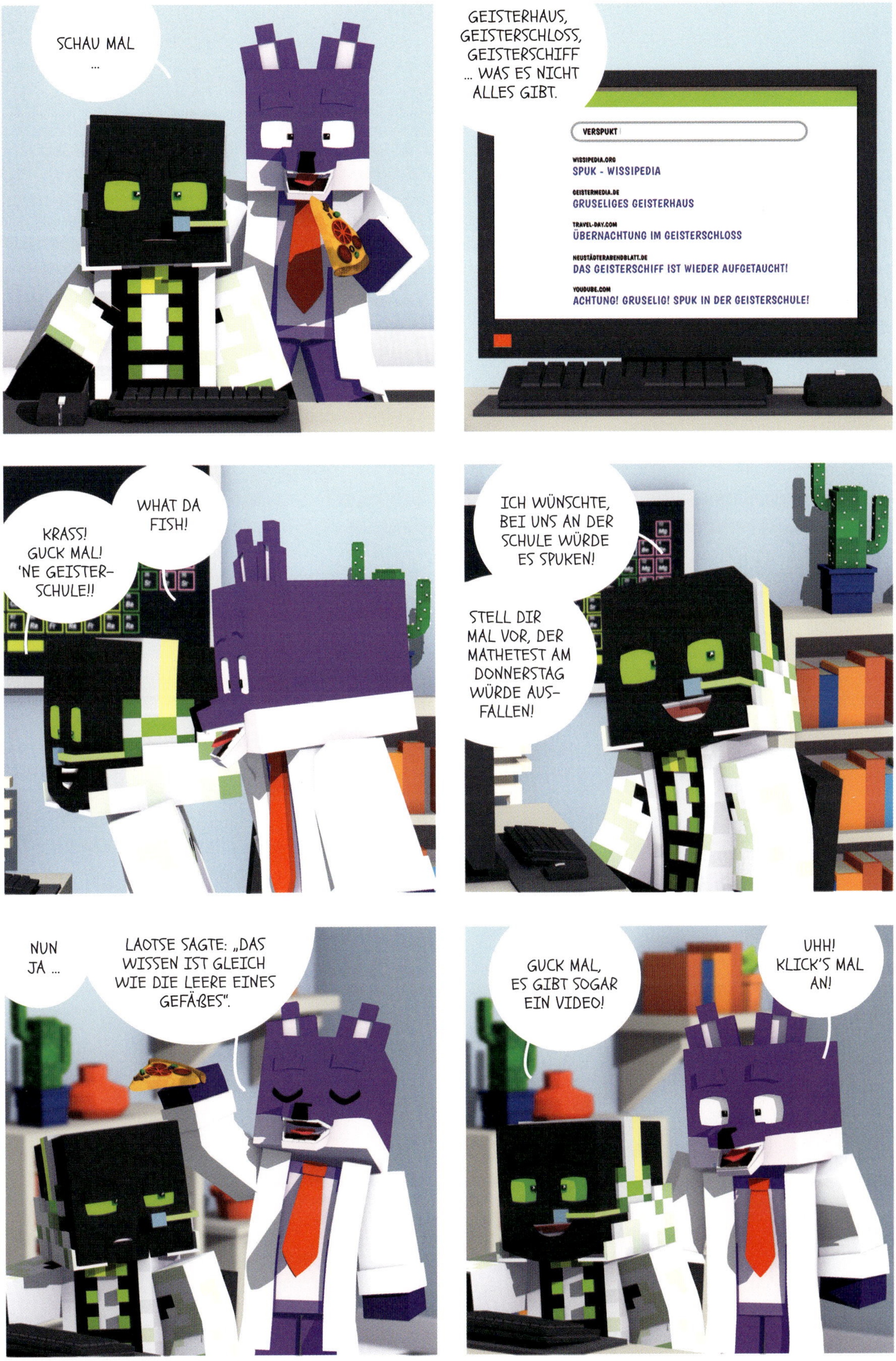
SCHAU MAL ...
GEISTERHAUS, GEISTERSCHLOSS, GEISTERSCHIFF ... WAS ES NICHT ALLES GIBT.
VERSPUKT
WISSIPEDIA.ORG
SPUK - WISSIPEDIA
GEISTERMEDIA.DE
GRUSELIGES GEISTERHAUS
TRAVEL-DAY.COM
ÜBERNACHTUNG IM GEISTERSCHLOSS
NEUSTÄDTERABENDBLATT.DE
DAS GEISTERSCHIFF IST WIEDER AUFGETAUCHT!
YOUDUBE.COM
ACHTUNG! GRUSELIG! SPUK IN DER GEISTERSCHULE!
KRASS! GUCK MAL! 'NE GEISTER-SCHULE!!
WHAT DA FISH!
ICH WÜNSCHTE, BEI UNS AN DER SCHULE WÜRDE ES SPUKEN!
STELL DIR MAL VOR, DER MATHETEST AM DONNERSTAG WÜRDE AUS-FALLEN!
NUN JA ...
LAOTSE SAGTE: „DAS WISSEN IST GLEICH WIE DIE LEERE EINES GEFÄßES".
GUCK MAL, ES GIBT SOGAR EIN VIDEO!
UHH! KLICK'S MAL AN!

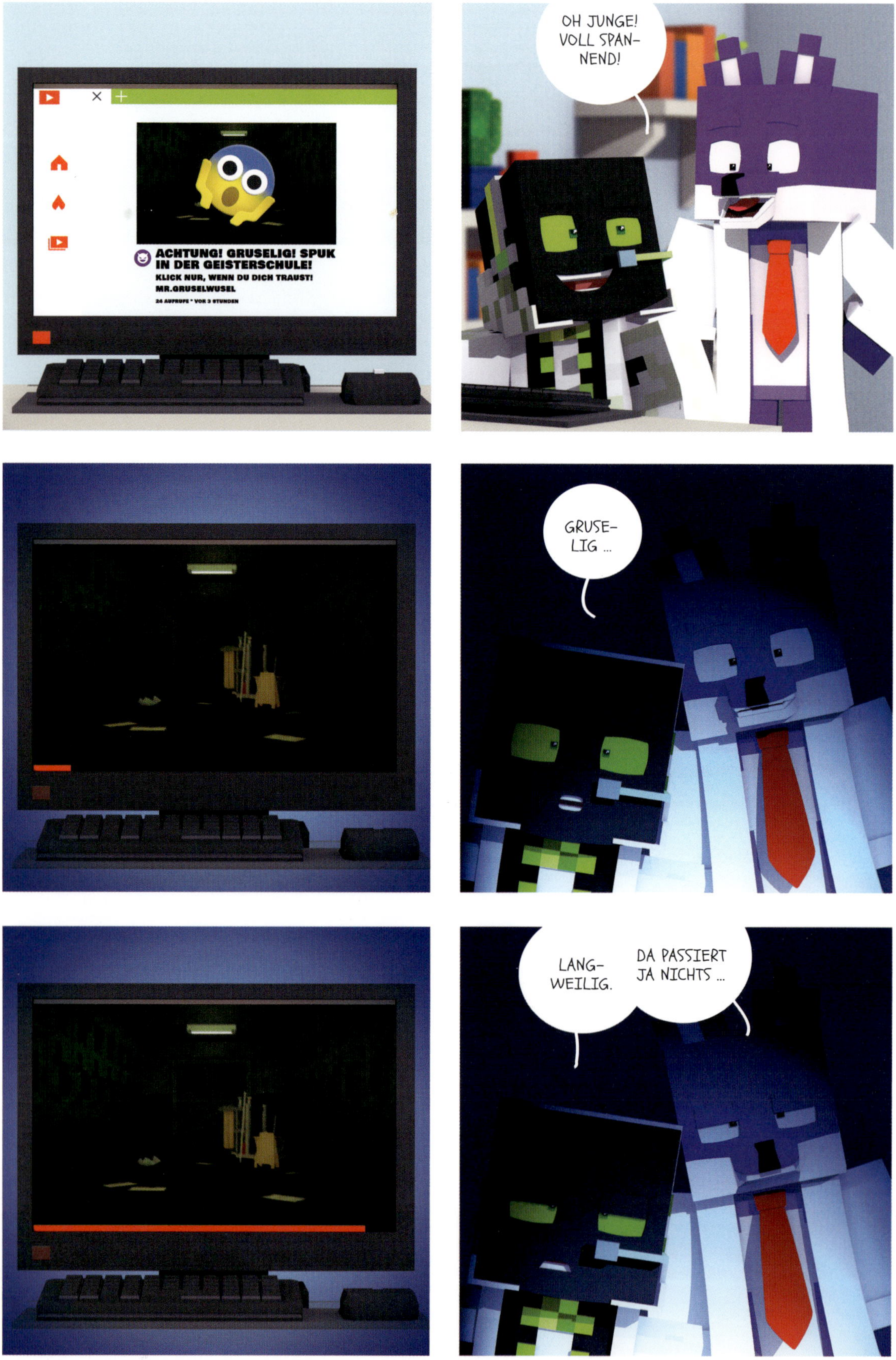
ACHTUNG! GRUSELIG! SPUK IN DER GEISTERSCHULE!
KLICK NUR, WENN DU DICH TRAUST!
MR.GRUSELWUSEL
24 AUFRUFE • VOR 3 STUNDEN
OH JUNGE! VOLL SPANNEND!
GRUSELIG ...
LANGWEILIG.
DA PASSIERT JA NICHTS ...

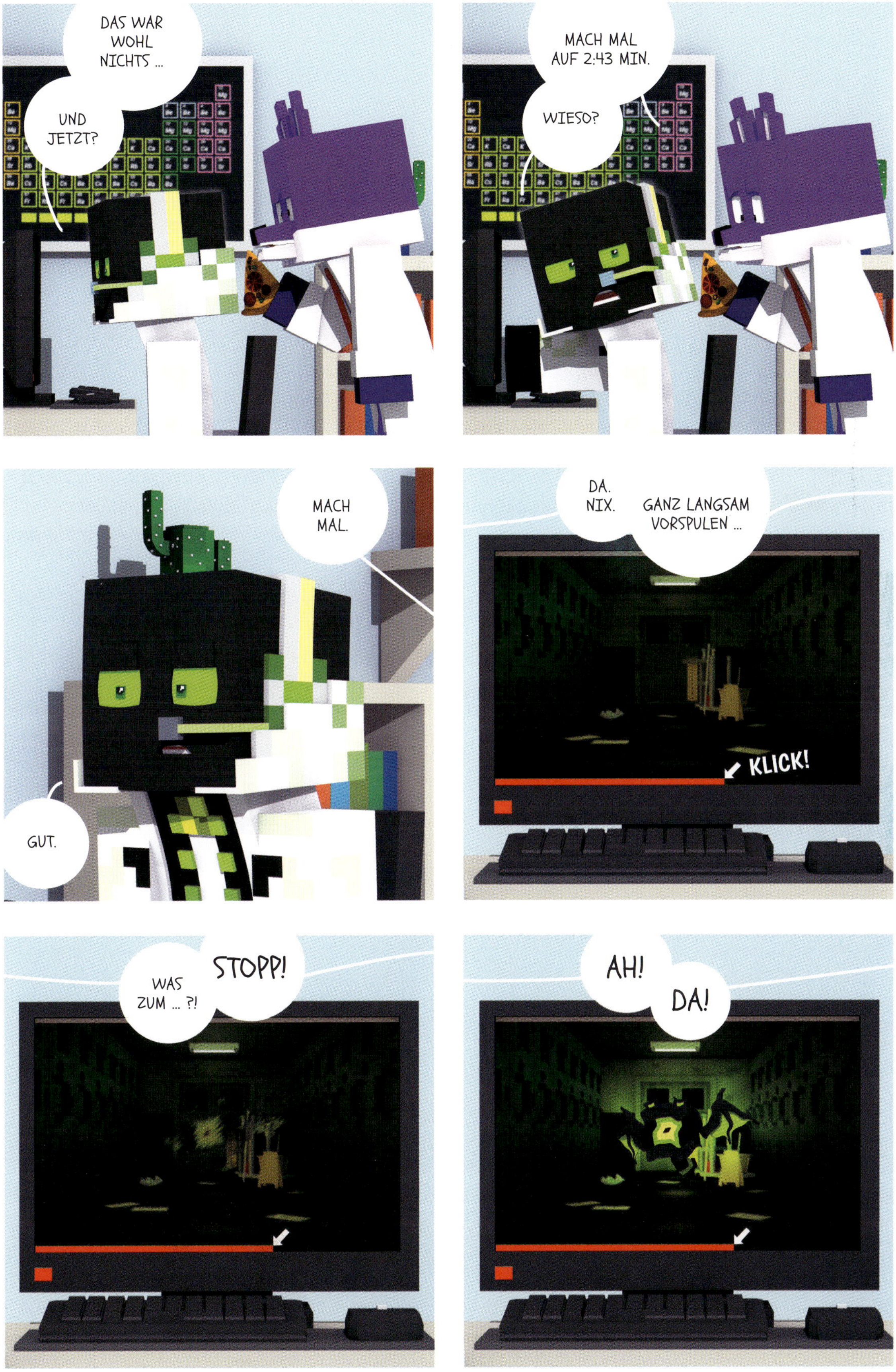
DAS WAR WOHL NICHTS ...
UND JETZT?
MACH MAL AUF 2:43 MIN.
WIESO?
MACH MAL.
GUT.
DA. NIX.
GANZ LANGSAM VORSPULEN ...
KLICK!
WAS ZUM ... ?!
STOPP!
AH!
DA!

DR. AUGE!
ICH WUSSTE ES!
GLUBBUX! WIR MÜSSEN DA HIN!
JA! IST GUT!
DR. AUGE! ICH KOMME, KUMPEL!!
DAS WIRD 'NE LANGE NACHT.
LAOTSE SAGTE: „EINE REISE VON 1000 MEILEN BEGINNT MIT EINEM KLEINEN SCHRITT."
JA, JA, WAS AUCH IMMER.
HAUPT-SACHE, DU BEEILST DICH!

DA IST SIE! DIE GEISTER-SCHULE!
Kunibert von Schlotterstein Schule
Gegründet anno 1666

KNIIIRSCHHHHHH ....
HA ... HALLO?
UFF! GANZ SCHÖN SCHAURIG HIER ...
HMM.
DING,DING,DING,DING
JA, VIELLEICHT SOLLTEN WIR ETWAS BEUNRUHIGT SEIN ...
GEIST.O.MAT
DING,DING,DING,DING
5+15=
14-9=
25:5=
3x3=
4+13=
8-3=
4x4=
13+7=
9-4=
18:2=
2x6=
8+3=
17-8=
21:3=
BOAH! VOLL GRUSELIG ...
... MATHE!
HAST DU ANGST?

WAS DENN, ICH?!
NIE-MALS, DU SCHERZ-KEKS!
KRACK!
ZADONG!!
AHHH!
WHAT DA FISH?!
DAS WAR EIN GEIST, GLUBBUX!!
ICH HAB'S GENAU GESEHEN!
HE, RUHIG. DAS SIND NUR DEINE NERVEN.
WEIẞT DU, EVOLUTIONÄR BETRACHTET IST ES GUT, DASS WIR ANGST HABEN. STELL DIR MAL VOR, UNSERE VORFAHREN WÄREN VOR EINEM IM GEBÜSCH LAUERNDEN SÄBELZAHN-TIGER NICHT DAVON GELAUFEN.

unsere ehemaligen Schulrektoren
Komtess von Wauz
Glubbonardo da Vinci
... UND DIE ZÄHNE VON SÄBELZAHN-TIGERN KONNTEN BIS ZU 20 CM LANG WERDEN!
Komtess von Wauz
SO EINEM BIEST MÖCHTE MAN NICHT BEGEGNEN! GRUSELIG!
BUH!
Komtess von Wauz
SCHRIEEK!
DU, GLUBBUX! VIELLEICHT WAR ES DOCH NICHT SO 'NE GUTE IDEE, HIERHER ZU KOMMEN.
VON WEGEN GEISTERSCHULE! HIER IST'S VOLL LANGWEILIG!
BOING!
FUSCH!

FINDEST DU? ICH BESCHÄFTIGE MICH JA SCHON EINE WEILE MIT PARAPSYCHOLOGIE, ABER SO EINEN VERSPUKTEN ORT HABE ICH NOCH NIE ERLEBT …
Glubbonardo da Vinci
PARA-WAS?
„PARAPSYCHOLOGIE“. EINE WISSENSCHAFT, DIE UNERKLÄRLICHE PHÄNOMENE UNTERSUCHT, WIE GEISTERERSCHEINUNGEN ZUM BEISPIEL …
ACH, GEISTER-POPEISTER! WER GLAUBT DENN AN SO WAS? HA, HA …
…
ALSO ECHT … HA, HA … NICHT WAHR, GLUBBUX?
ÄHH … GLUB-BUX?

WAAAAHHHHH
UNTER DEINEM ARM!!!
CRUSH!
WAS? UNTER MEINEM ...
... ARM?!
...
WAAAAHHHH
BOING!

...
UND DU GLAUBST, HIER SIND WIR VOR DEM GEIST SICHER?
ICH HOFFE ES ...
KLICK!
MANN, GLUBBUX ... WO HABEN WIR UNS DA NUR REIN-GERITTEN?
KLACK!
WAS MACHEN WIR DENN JETZT?
NUN JA ... MACHEN WIR DAS BESTE DRAUS.
ICH HAB SNACKS, WAS ZU TRINKEN, KLO-PAPIER ...
KLO-PAPIER?
BESSER WEL-CHES DABEI HABEN UND ES NICHT BRAUCHEN ALS ANDERSRUM.

RASCHEL ... RASCHEL ...
OH NEIN ...
... DER GEIST ...
AHHHHH!
PROFESSOR NASE ...
... UFF.
DONG, DONG, DONG ...
WAS IST DENN JETZT LOS?
DONG, DONG, DONG!
ES IST ZWÖLF UHR ... GEISTER-STUNDE ...

DONG, DONG, DONG...
DONG, DONG, DONG!!

WHAT DA FISH ?!
WAS IST HIER LOS?
NEIN, WAS IST HIER LOS ?!
WAAAAHHH!
WER SEID IHR UND WAS MACHT IHR HIER?!
IHR SEID KEI-NE GEISTER, ODER?!
G...G...G ... GEISTER ?!
WARUM SOLLTEN WIR GEISTER SEIN?
NUN JA.
DAS HIER IST EINE GEISTER-SCHULE UND AUF EINE GEISTER-SCHULE GEHÖREN GEISTERSCHÜLER, ODER?
ALSO, SEID IHR GEISTER?

!
NA LOGISCH!
IHR SEHT ABER NICHT SO AUS!
NA KLAR! WIR HABEN UNS JA AUCH ZUM SPAẞ VERKLEIDET.
MOMENT!
SWUUSCH!!!
WAS SAGEN SIE JETZT? WIR SIND GANZ SCHÖN SPUKIG, ODER?!
TADAAA!

JA, SEHR SPUKIG. MUSS ICH ZUGEBEN.
ABER JETZT GENUG MIT DEM SCHABERNACK! DIE GLOCKE HAT GELÄUTET, IHR MÜSST IN DEN UNTERRICHT!
BÄH! NEE, WIR HABEN DIE ERSTE STUNDE FREI!
JA, GENAU! UND WIR SUCHEN UNSEREN „MITSCHÜLER", DR. AUGE. ER IST NEU HIER, KENNEN SIE IHN REIN ZUFÄLLIG?
GENUG JETZT!!
AB MIT EUCH IN DEN UNTERRICHT!!
HE!
GREIF!
WELCHES FACH DENN ÜBERHAUPT?
LOS, REIN DA!!
DRÜCK!
„GEWALT ZERBRICHT AN SICH SELBST", SAGT LAOTSE!!
STOß!
OH SCHRECK ...

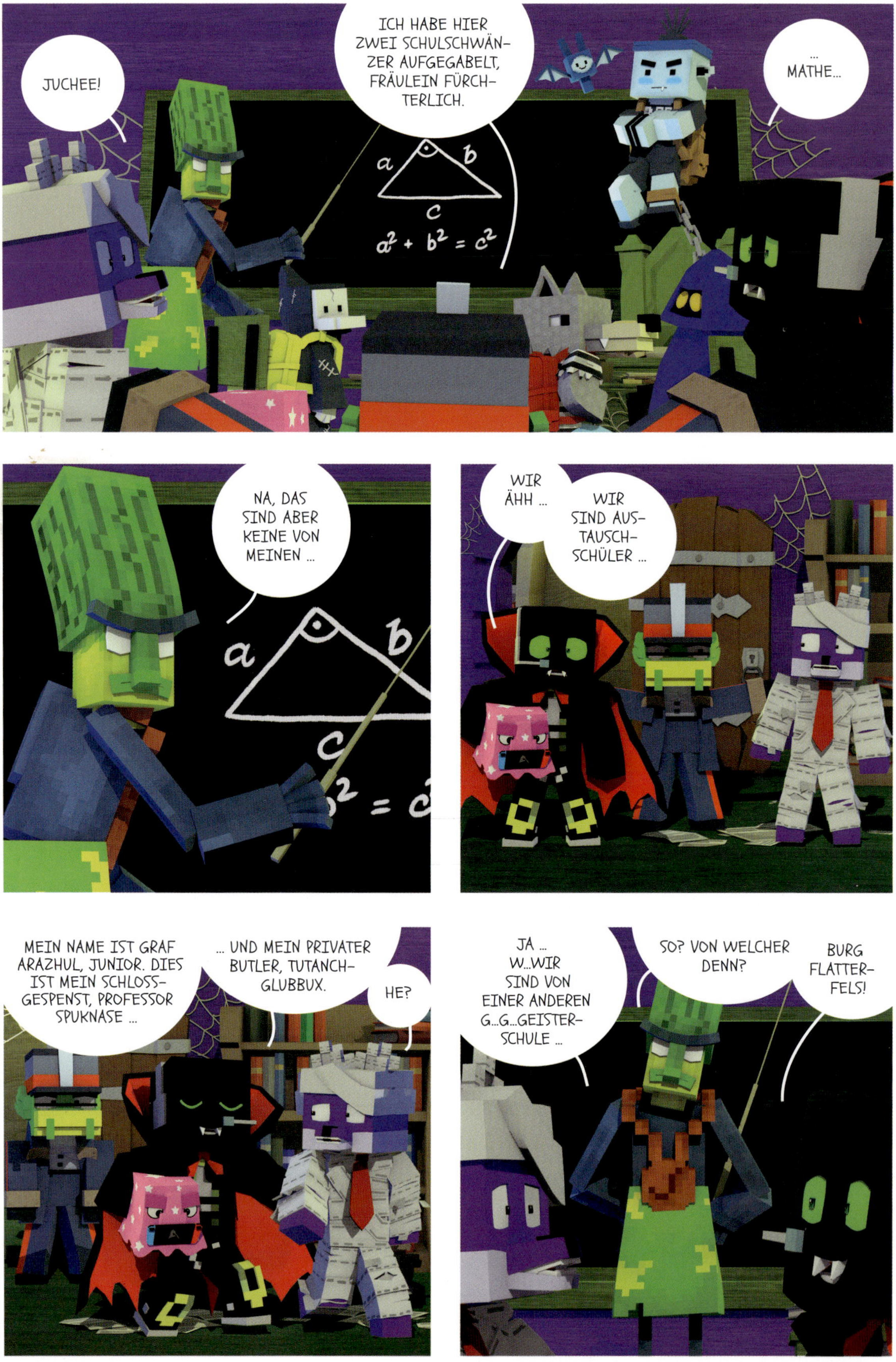
JUCHEE!
ICH HABE HIER ZWEI SCHULSCHWÄN-ZER AUFGEGABELT, FRÄULEIN FÜRCH-TERLICH.
... MATHE ...
a b c
$a^2 + b^2 = c^2$
NA, DAS SIND ABER KEINE VON MEINEN ...
WIR ÄHH ...
WIR SIND AUS-TAUSCH-SCHÜLER ...
MEIN NAME IST GRAF ARAZHUL, JUNIOR. DIES IST MEIN SCHLOSS-GESPENST, PROFESSOR SPUKNASE ...
... UND MEIN PRIVATER BUTLER, TUTANCH-GLUBBUX.
HE?
JA ... W...WIR SIND VON EINER ANDEREN G...G...GEISTER-SCHULE ...
SO? VON WELCHER DENN?
BURG FLATTER-FELS!

HAB ICH NOCH NIE GEHÖRT. MUSS NEU SEIN.
WIE DEM AUCH SEI. SETZT EUCH UND HALTET DEN UNTERRICHT NICHT WEITER AUF.
a
b
c
$a^2 + b^2 = c^2$
ALSO, WO WAREN WIR? ACH JA, WENN 6 + X = 10 IST, WIE HOCH IST DANN X?
MANN, GLUBBUX! JETZT STECKEN WIR ABER IN 'NEM ZIEMLICHEN SCHLAMASSEL ...
WIE FINDEN WIR DENN JETZT DR. AUGE?
RICHTIG! X = 4
HE, NEUER! MEINST DU SO 'NEN KLEINEN MIT FLÜGELN?
HAT NUR EIN AUGE, IST SCHWARZ-GRÜN?
JA! HAST DU IHN GESEHEN?!
DIE NEUE SCHULLEITERIN HATTE DEN DABEI, ALS SIE SICH VORGESTELLT HAT.
GRU-SELIGES MÄDCHEN, ABER COOLE HAARFARBE.
... UND WIE IST DAS ERGEBNIS VON 8 - X = 2 ?
DAS MUSS MAX SEIN!
BE-STIMMT!
HE! HIER WIRD NICHT GEFLÜSTERT!
NA, FRÄULEIN FÜRCHTERLICH, WENN ICH LAUT REDEN WÜRDE, BEKÄMEN SIE'S JA MIT.
HA, HA, HA, HA!!!
HA, HA, HA, HA!!!

ARAZHU
AUCH NOCH FRECH WERDEN! DU KOMMST HEUTE ZUM NACHSITZEN, JUNGER MANN!
BOAH! GEMEIN!
NANU?
DER GEIST!!!
GEIST! DU BIST SCHON WIEDER ZU SPÄT! SETZ DICH AUF DEINEN PLATZ UND STÖR NICHT!
ARAZHUL GEIST
DU KANNST AUCH ZUM NACHSITZEN KOMMEN!

... UND DAS ERGEB-NIS TEILEN WIR DANN DURCH 3 ...
WIR MÜSSEN EINEN WEG INS REKTORAT FINDEN ...
UND DANN?
LUZILLA! WAS ERGIBT 14 – 5 + ?
ICH MEINE, DA WARTET DANN MAX POWER AUF UNS.
WILLST DU DICH MIT IHR PRÜGELN? DIE MACHT DICH FERTIG! WIE BEIM LETZTEN MAL.
SWOOSH!
11 FRÄULEIN FÜRCHTER-LICH?
DAS IST LEIDER FALSCH.
... DA KÖNN-TEST DU RECHT HABEN.
10 WÄRE DIE RICHTIGE ANTWORT GEWESEN.
!
PUH ... WIR MÜSSEN UNS WAS EINFAL-LEN LASSEN!
JA, SOLLTEN WIR. WHAT DA ...
PRO-FESSOR NASE?
BOING!
BOING!

ARAZH
GEIST
IM UNTERRICHT WIRD NICHT GESPIELT!
STECK DAS WEG, ODER ICH SAMMEL ES EIN! UND ...
ARAZHUL GEIST PROF. SPUKNASE
NACHSITZEN.
UNS FÄLLT SCHON WAS EIN. ERST MAL MÜSSEN WIR AUS DEM UNTERRICHT RAUS!
... DENN WIE SCHON DER GROßE ARCHIMEDES SAGTE: „DIE ZAHL IST DAS WESEN ALLER DINGE!"
PYTHAGORAS!
BITTE?
DAS ZITAT STAMMT VON PYTHAGORAS. KANN MAN JA MAL VERWECHSELN. MEIN LIEBLINGSZITAT VON ARCHIMEDES LAUTET ÜBRIGENS: „GEBT MIR EINEN FESTEN PUNKT UND ICH HEBE DIE WELT AUS DEN ANGELN."

OHO! EIN SCHLAUMEIER! WAS MACHT 5900 + 3400?
PAH! KINDER-GARTEN. 9300
7000 X 400
2800000
549 : 9
61
101 – 19
82
246 : 6
41
5X5X5
125
DARF ICH AUCH MAL?
WAS?
16 X 63 – 1214
ÄHH.. – 206?
RICHTIG.
$666-42^2$
-934?
FALSCH.
(24+89)/ 8
1247812 – 987432
$\sqrt[3]{1331}$
$35,2^2$
-12345 – 16012 + 12015
418,12 X 6 – 312,18
DAS ÄHH ...
DAS REICHT JETZT!!!
NACHSITZEN!!!
ARAZHUL
GEIST
PROF. SPUKNASE
GLUBBUX

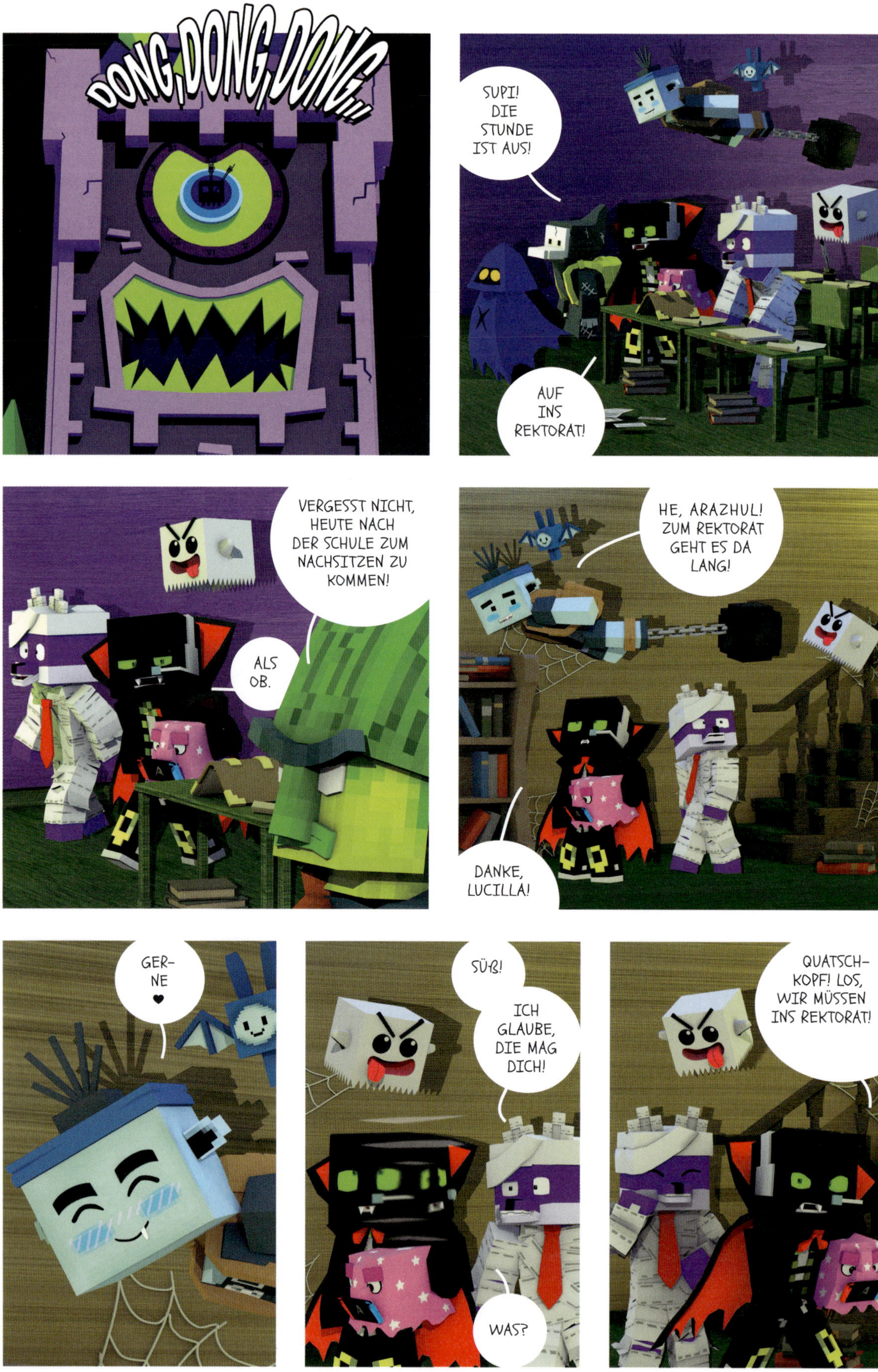
DONG, DONG, DONG...
SUPI! DIE STUNDE IST AUS!
AUF INS REKTORAT!
VERGESST NICHT, HEUTE NACH DER SCHULE ZUM NACHSITZEN ZU KOMMEN!
ALS OB.
HE, ARAZHUL! ZUM REKTORAT GEHT ES DA LANG!
DANKE, LUCILLA!
GER-NE ♥
SÜẞ!
ICH GLAUBE, DIE MAG DICH!
WAS?
QUATSCH-KOPF! LOS, WIR MÜSSEN INS REKTORAT!

DA IST ES!
PSST! GANZ LEISE!
HAARG ... ES MUSS DOCH EINEN WEG GEBEN, EIN PORTAL IN DIE SECHSTE GEISTERDIMENSION ZU ÖFFNEN ...
PSST!
MAX POWER!
WENN ICH DOCH NUR DIE GIGANTISCHE, SPEKTRALE ENERGIE NUTZEN KÖNNTE, DIE DIESER ORT BESITZT!
UND DU BIST MIR AUCH KEINE HILFE!
DR. AUGE!!
LEISE!!
MIST!! ABGESCHLOSSEN!!!
ZIEH!
BITTE MACH DOCH LEISE, ARAZHUL! DENK AN DEN HAUSMEISTER ....
KLIRR!!
!

IHR SCHON WIEDER!
GREIF!
PACK!
„DER GEWALT AUSZUWEICHEN IST STÄRKE", SAGT LAOTSE!
IST MIR EGAL, WAS DER SAGT, IHR GEHT JETZT ZUM SPORTUNTER-RICHT!
HE! LOSLASSEN! ICH MUSS ZU DR. AUGE!!
SCHLEIF!
TOC
TOC
TOC
FOP
FOP
FOP
MAAAN... WIR MÜSSEN IRGEND-WIE AN DIESEM FIESEN HAUS-MEISTER VORBEI!
NUR WIE?
HE, IHR DA!

WIE WÄRE ES WENN IHR MIT-MACHT, STATT NUR ZU FAULEN-ZEN?
PFF. ICH HAB GRAD GANZ ANDERE PROBLEME....
DIE DA WÄREN?
MEIN BESTER FREUND STECKT IN GROßEN SCHWIERIGKEITEN UND ICH VERSAUER HIER, STATT IHM ZU HELFEN.
UND DANN IST DA NOCH DER FIESE HAUSMEISTER, DER UNS NICHT DURCHLÄSST!
AN MAX POWER MUSS ICH AUCH NOCH VORBEI, DIE IST SUPER-BRUTAL!
VER-STEHE ...
DU WILLST ALSO LERNEN, WIE MAN EIN GUTER KÄMPFER WIRD, ARAZHUL-SAN!
HÄ? NEE!

BOAH! ARAZHUL WIRD VON SENSEI BUU TRAINIERT!
LOS KUMPEL! DU MACHST DAS!

LEKTION NUMMER EINS:
SWOOO!!!

NEIN DANKE! KEIN INTE-
RESSE!

AUSWEICHEN!!!

DONG!
DONG!
DONG!
DONG!
DONG!
OWEIA, VIEL ARBEIT WARTET AUF UNS, ARAZHUL-SAN ...
SAG MAL, GEHT'S NOCH?!
ARAZHUL! SIEH NICHT DEINE ANGREIFER!
SIEH DEN RAUM ZWISCHEN IHNEN UND FINDE DEINEN WEG!
WAS?

FLUUU!
RUNDE 2!
WHAT DA FISH!!
SUPER, ARAZHUL!!
COOL! ♥
JA ... SEHR GUT.
ICH HAB KEI-NE ZEIT FÜR DIESEN QUATSCH!!
UFF!
DONG!
DONG!
DONG!
DONG!

...
ICH BIN KEIN KÄMPFER!!! UND ICH HAB KEINE ZEIT FÜR DIESES OLLE TRAINING!
MEIN FREUND DR. AUGE BRAUCHT MICH JETZT!
ABER WIE WILLST DU DICH GEGEN DIE GANZEN GEGNER WEHREN, DIE SICH DIR IN DEN WEG STELLEN?
MIR FÄLLT SCHON WAS EIN. DAS HAT BIS-HER AUCH IMMER GEKLAPPT.
„WENN MAN WASSER IN EINE TASSE GIEẞT, WIRD ES ZUR TASSE. GIEẞT MAN WASSER IN EINE TEEKANNE, WIRD ES ZUR TEEKANNE. SEI WIE WASSER, MEIN FREUND."
LASS MICH RATEN, LAOTSE?
NEE, BRUCE LEE.
INTE-RESSANT ...
SLUURP!
BOING!
BOING!

IN DIR LIEGT GROßE WEISHEIT, ARAZHUL-SAN! HIER HAST DU MEINEN GENERALSCHLÜSSEL, DEN WIRST DU BRAUCHEN, UM INS REKTORAT ZU KOMMEN!
DANKE, SENSEI.
BONG!!
UND JETZT GEH UND HILF DEINEM FREUND!
WIRD GEMACHT!
AUF ZUM REKTORAT!
SO, LEUTE! JETZT WIRD'S ERNST!
BIN BEREIT!
KRAM, KRAM...

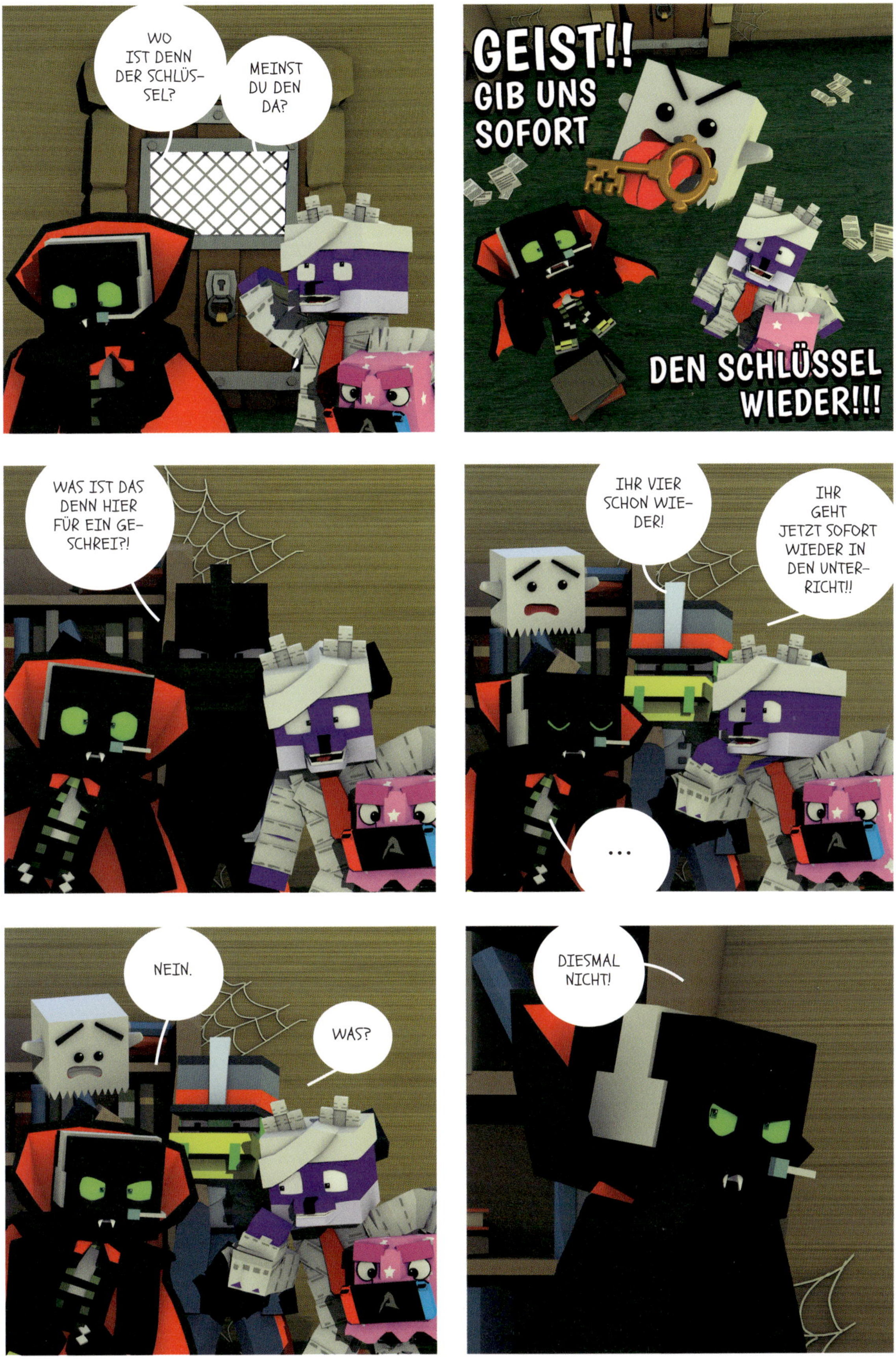
WO IST DENN DER SCHLÜS-SEL?
MEINST DU DEN DA?
GEIST!! GIB UNS SOFORT
DEN SCHLÜSSEL WIEDER!!!
WAS IST DAS DENN HIER FÜR EIN GE-SCHREI?!
IHR VIER SCHON WIE-DER!
IHR GEHT JETZT SOFORT WIEDER IN DEN UNTER-RICHT!!
...
NEIN.
WAS?
DIESMAL NICHT!

SO! JETZT REICHT'S MIR MIT EUCH!!
ICH ZIEH JETZT GANZ ANDERE SAITEN AUF!!
RITSCH!
RATSCH!
GROOAAAR!!
WHAT DA ...
... FISH?!

AB IN DEN
UNTERRICHT MIT EUCH!!!
!
CLUNSH!!!
OWEIA! VIELLEICHT HÄTTE ICH SENSEI BOOS TRAINING DOCH ERNST NEHMEN SOLLEN...
RAM!

RATSCH!
HE, ARAZHUL!!
RATSCH!
HM?!
FANG!!
CATCH!
WAS IST DAS?!
TRINK AUS! DAS MACHT DICH STARK!
MOMENT MAL ...
AH!

RATSCH!
HE, HE, HE ...
DACHTE ICH'S MIR!! IHR SEID GAR KEINE GEISTER!!!
JETZT IST AL- LES AUS!
BOING!
BOING!
BOING!
GREIF!
GEIST!!

HA! DANKE KUMPEL!
AH! SCHMECKT EIGENTLICH GANZ GUT.
GUT, DASS ER NICHT WEIß, WAS DRIN IST...
GROOWWWA!
UFF!!
OHH ... ICH FÜHL MICH KOMISCH ...
SMACK!
HAAAARGH!!
FOSCH!
SCHLECK!

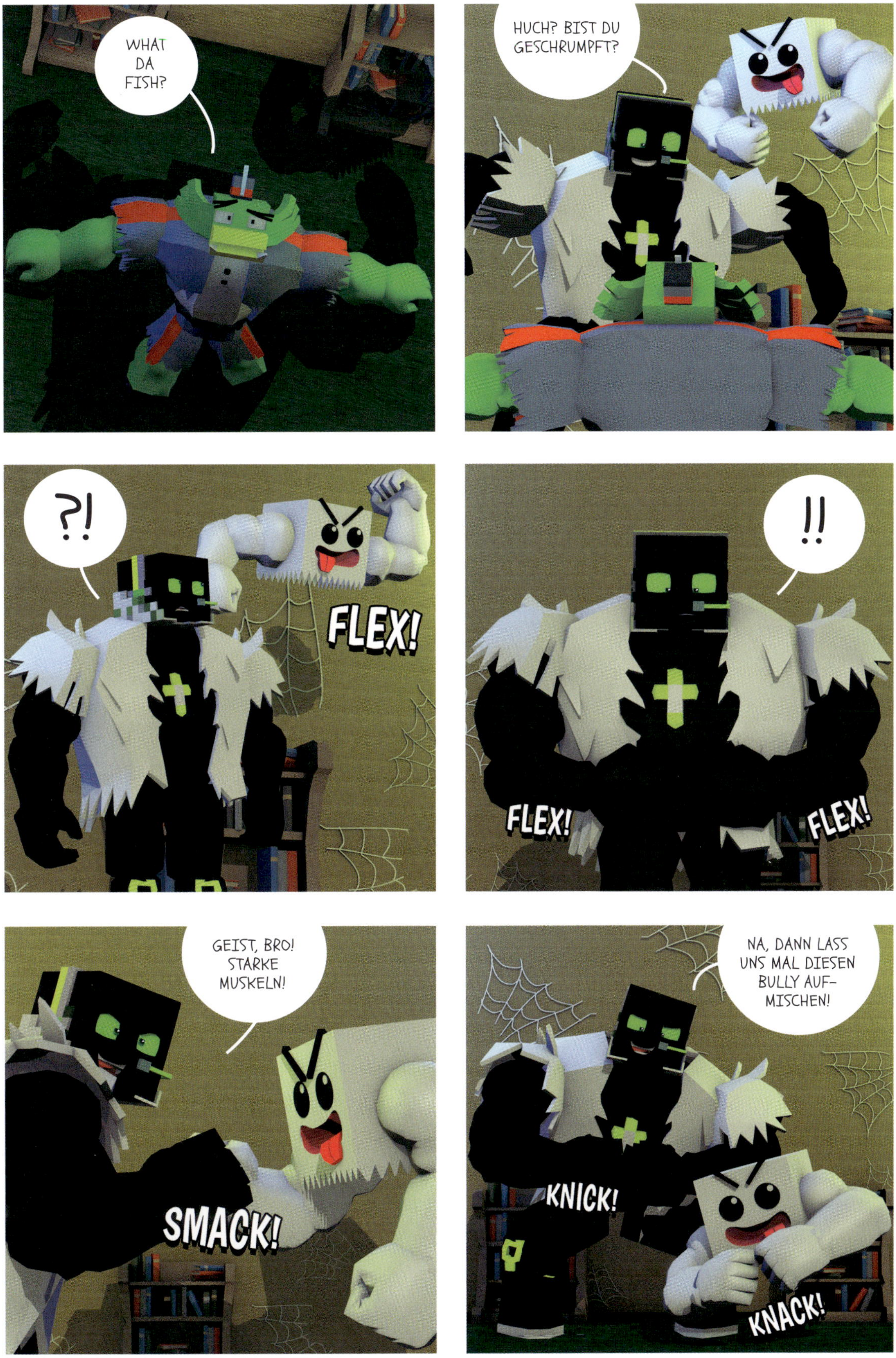
WHAT DA FISH?
HUCH? BIST DU GESCHRUMPFT?
?!
FLEX!
!!
FLEX!
FLEX!
GEIST, BRO! STARKE MUSKELN!
SMACK!
NA, DANN LASS UNS MAL DIESEN BULLY AUF-MISCHEN!
KNICK!
KNACK!

HE ... JUNGS ... WIR KÖNNEN DOCH ÜBER AL-LES REDEN!
SUPLEX!
SMACK!
STRUP!
NICER BODYSLAM, BRO!
SMACK!

ICH HAB DA 'NE IDEE, BRO! PASS AUF: TUSCHEL, TUSCHEL ...
SCHÖN, DASS IHR ZWEI SPAß HABT, ABER IHR SOLLTET EUCH ETWAS BE-EILEN ...
TAG-TEAM-MOVE!!
WATTS!!!
WAS?!
LEUTE! WIR SOLLTEN SCHNELL AB-HAUEN!
ICH BRING DAS HIER ERST ZU ENDE!
FINISHER!!
MOONSAULT!!!

DAS WOLLTE ICH EUCH DIE GANZE ZEIT SAGEN ...
DIE WIRKUNG DES TRANKES HÄLT NUR 3 MINUTEN AN ...
GLUBBUX!! ECHT JETZT!!
MMMM!!
BLUB...
BLUB!
FAST GUT! KÖNNTE NUR NOCH ETWAS SCHNECKEN-SCHLEIM VERTRAGEN.
KLOPF, KLOPF, KLOPF!
WER DA?
ICH HAB HIER EIN PAAR ROTZLÖFFEL FÜR DICH! DIE KÖNNEN DIR IN DER KÜCHE HELFEN!

WUNDERBAR! FANGT MIT DEM ABWASCH AN! DA BIN ICH SEIT 300 JAHREN NICHT MEHR ZU GEKOMMEN.
BITTE WAS?!
DEIN ERNST?!
SEHR GUT! DANN SIND DIE ERST MAL BESCHÄF-TIGT.
ICH GEH JETZT ZUR REKTORIN UND KLÄRE, WAS WIR MIT DENEN MACHEN. UNGESTRAFT SCHLEICHT SICH KEIN LEBENDER IN DIE GEISTER-SCHULE!
UFF ... DAS DAUERT JA EWIG!!

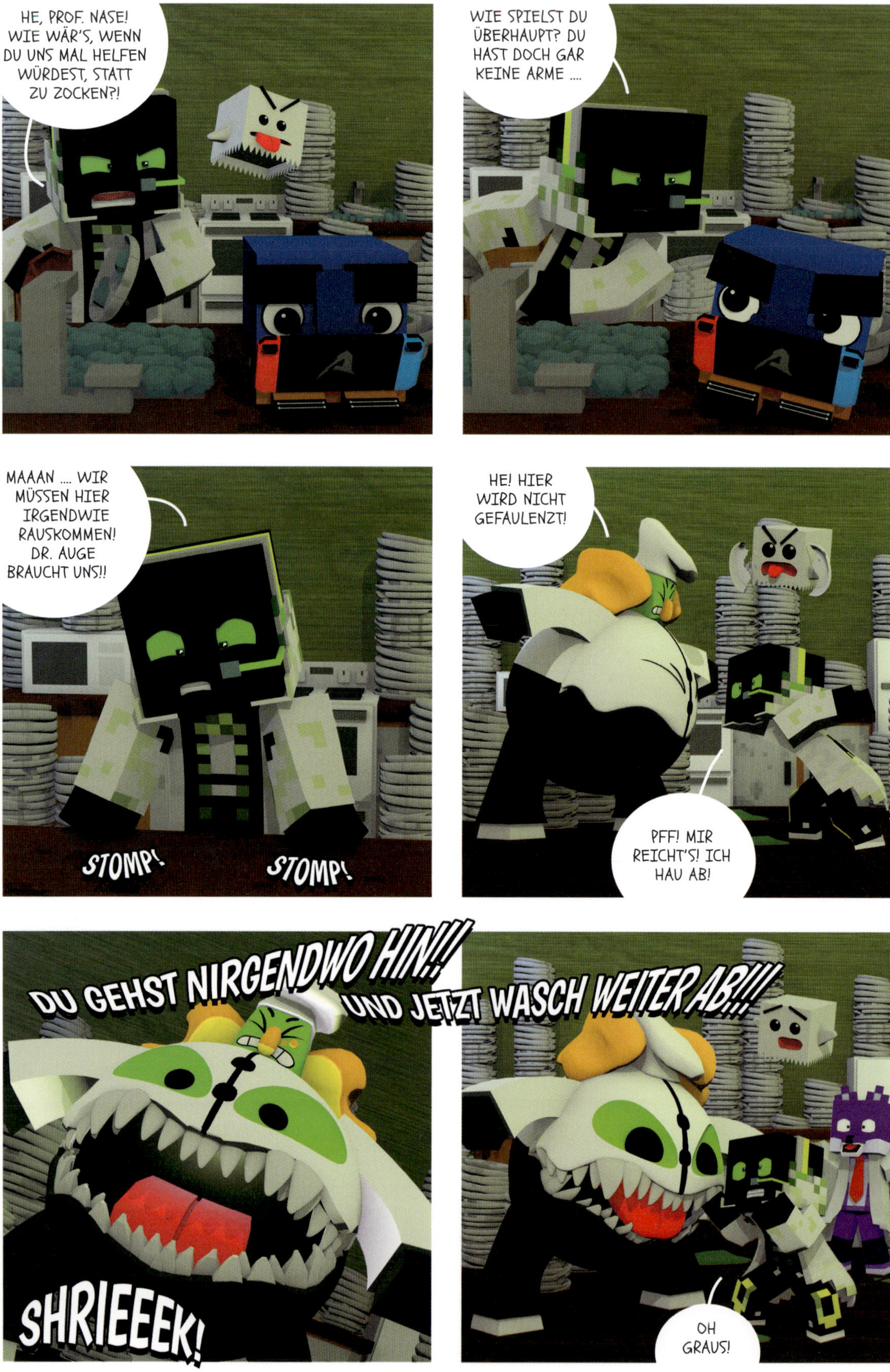
HE, PROF. NASE! WIE WÄR'S, WENN DU UNS MAL HELFEN WÜRDEST, STATT ZU ZOCKEN?!
WIE SPIELST DU ÜBERHAUPT? DU HAST DOCH GAR KEINE ARME ....
MAAAN .... WIR MÜSSEN HIER IRGENDWIE RAUSKOMMEN! DR. AUGE BRAUCHT UNS!!
STOMP!
STOMP!
HE! HIER WIRD NICHT GEFAULENZT!
PFF! MIR REICHT'S! ICH HAU AB!
DU GEHST NIRGENDWO HIN!!!
UND JETZT WASCH WEITER AB!!!
SHRIEEEK!
OH GRAUS!

SCHÖN SCHRUBBEN!
WENN SICH GLEICH NICHT MEIN SCHÖNES GESICHT DARIN SPIEGELT, MACH ICH ALLES WIEDER DRECKIG UND DU KANNST ES NOCHMAL ABWASCHEN!
UND WAS IST HIER LOS? DAS WIRD KONFISZIERT!
HE, HE, HE ...
SCHNAUB ...
RAM!
SCHEPPER!!
FANG!
KLIRR!!
BOAH, NASE! BRUTAL!
LANDE!

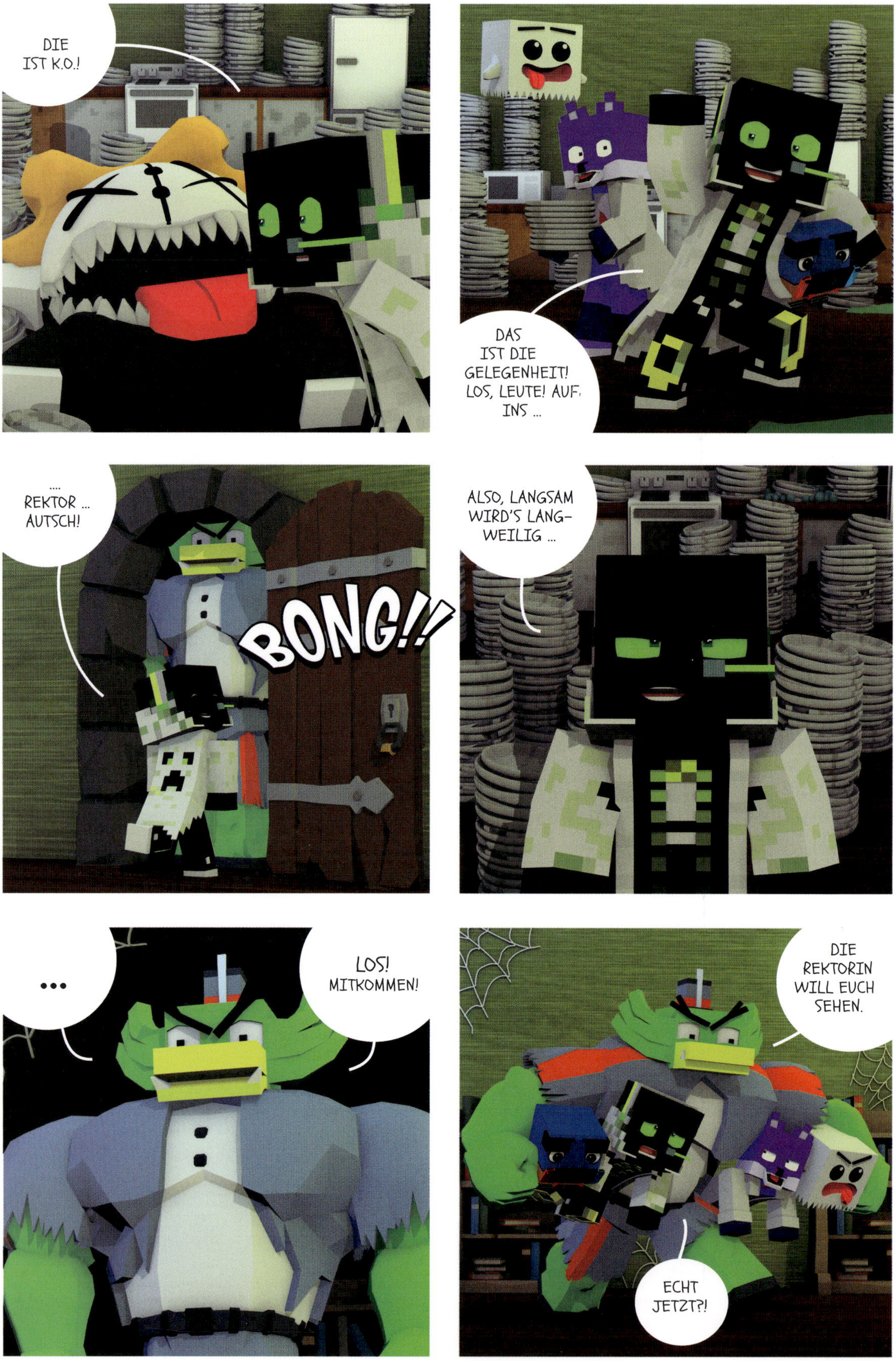
DIE IST K.O.!
DAS IST DIE GELEGENHEIT! LOS, LEUTE! AUF, INS ...
.... REKTOR ... AUTSCH!
BONG!!
ALSO, LANGSAM WIRD'S LANG-WEILIG ...
...
LOS! MITKOMMEN!
DIE REKTORIN WILL EUCH SEHEN.
ECHT JETZT?!

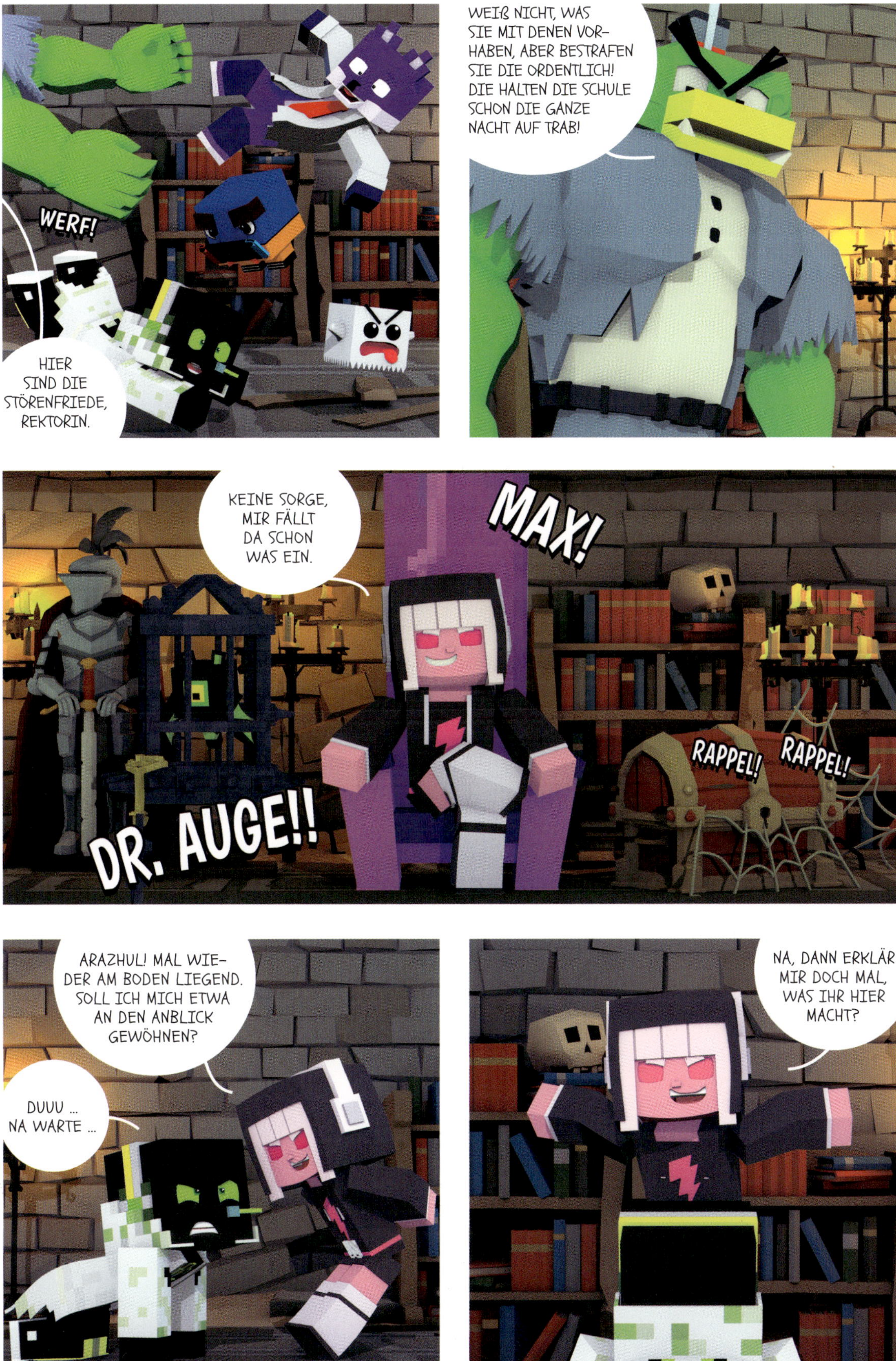
WERF!
HIER SIND DIE STÖRENFRIEDE, REKTORIN.
WEIß NICHT, WAS SIE MIT DENEN VORHABEN, ABER BESTRAFEN SIE DIE ORDENTLICH! DIE HALTEN DIE SCHULE SCHON DIE GANZE NACHT AUF TRAB!
KEINE SORGE, MIR FÄLLT DA SCHON WAS EIN.
MAX!
DR. AUGE!!
RAPPEL!
RAPPEL!
ARAZHUL! MAL WIEDER AM BODEN LIEGEND. SOLL ICH MICH ETWA AN DEN ANBLICK GEWÖHNEN?
DUUU … NA WARTE …
NA, DANN ERKLÄR MIR DOCH MAL, WAS IHR HIER MACHT?

DU LÄSST DR. AUGE SOFORT FREI!
AHA! EIN VERZWEIFELTER RETTUNGSVERSUCH ALSO!
GUT! WIE DU WILLST.
HÄ? EINFACH SO?
DR.AUGE!
ICH HAB DICH SO VERMISST, KUMPEL!
KIHIHIHI ... EINFACH SO?
NEIN.

WISST IHR, ICH HABE ENDLICH EINE MÖG-LICHKEIT GEFUNDEN, DIE ENERGIE DIESES ORTES ZU NUTZEN ...
... UM EIN PORTAL IN DIE SECHSTE GEISTER-DIMENSION ZU ÖFFNEN. DORT SIND DIE SEELEN MEINER BRÜDER GE-FANGEN.
WÜRDE MAN EINEN HOCHKON-ZENTRIERTEN STRAHL AUS ELEKTRO-MAGNETISCHEN WELLEN AUF DAS ENERGIEFELD DER GEISTERSCHULE PRALLEN LASSEN, MÜSSTE SICH EIN DIMENSIONSRISS IN ANDERE GEIS-TERREICHE ÖFFNEN. DANN HEIẞT ES, VEREINFACHT GESAGT, NUR NOCH HINEINSPRINGEN UND DIE RICHTIGE AUSFAHRT ZUR SECHSTEN GEISTER-DIMENSION NEHMEN.
EINFACH, ODER? DAS PROBLEM IST ALLERDINGS, DASS MAN IN DER GEISTERWELT KEINE ELEKTRO-MAGNETISCHEN WELLEN MATE-RIALISIEREN KANN, WESHALB AUCH DR. AUGES LASERSTRAHL HIER NICHT FUNKTIONIERT. MEIN GRANDIOSER PLAN SCHIEN GESCHEITERT.
DOCH DANN HATTE ICH DIE IDEE! WENN ICH EIN PORTAL IN DIE WELT DER LEBENDEN ÖFFNE, EINTRETE UND BEI GEÖFFNETEM DURCHGANG EINEN LASERSTRAHL IN DIE GEISTERWELT FEUERE, MÜSSTE SICH DER GEISTER-DIMENSIONSRISS ÖFFNEN LASSEN! ES BEDÜRFTE DAZU ALLERDINGS EINES UNGLAUBLICH MÄCHTIGEN LASERSTRAHLS.
ICH HABE NICHT EIN EINZIGES WORT VON DEM VERSTANDEN, WAS DU GRADE GE-SAGT HAST.
ICH AUCH NICHT, HÖRT SICH NACH VÖLLIGEM QUATSCH AN.
SOO? NA, DANN LASST ES MICH EUCH DOCH EINFACH VOR-FÜHREN.

KÖRPER-KLAU!
AHH
...
UHH
...
MEIN KOPF
SCHMERZT
...
MAX?
HÄ? WO
BIN ICH
HIER?
ARAZHUL?
WAS IST
DENN HIER
LOS?!
WHAT
...
... FISH?
...
DA
...
DR. AUGE!! WAS
IST LOS MIT DIR?!
KIAHAHAHA!! DR.AUGE IST WEG.
NENNT MICH DOCH DR.KLAUE!

UND NUN, SEHT ZU UND STAUNT!
SWOOSH!
FOP!
FOSCH!!
KRADUUZ!!
BOAH, HEFTIG!
AHH!!
WAHHH!!

HA-HAHA-HAHAHAHA!!! ICH HABE ES GESCHAFFT!
DER GEIS-TERDIMEN-SIONSRISS IST GEÖFFNET!
MEINE BRÜDER! ICH KOMME!
FOP!
MENSCH, ARAZHUL. WO HAST DU MICH DA NUR WIEDER MIT REINGEZOGEN?
TJA ... ICH GLAUBE ICH HAB DIR EINI-GES ZU ERZÄHLEN... ABER ERSTMAL SCHÖN, DASS DU WIEDER DU SELBST BIST MAX!
ÄHH ... KLAR, WAS AUCH IMMER.
ICH TRÜBE JA NUR UNGERNE DIE WIEDERSEHENSFREUDE, ABER DIE GIGANTISCHE ENERGIE DIESES PORTALS IST DABEI, DIE GESAMTE GEISTERSCHULE AUSEINANDER ZU REIẞEN.
WAS SCHLÄGST DU VOR, GLUBBUX? WAS SOLLEN WIR MACHEN?
GUTE FRAGE ... NUR DIESMAL HABE ICH LEIDER KEINE ANTWORT ...

WIR GEHEN REIN.
WAS?!
NICHT DEIN ERNST!
DAVON KANN ICH NUR ABRATEN! WIR HABEN ES HIER ANSCHEINEND MIT EINER ANDEREN DIMENSION ZU TUN. DIE GESETZE UNSERER DIMENSION GELTEN DORT VIELLEICHT NICHT. WIR KÖNNEN ÜBERHAUPT NICHT EINSCHÄTZEN, WAS MIT UNS PASSIERT, WENN WIR ÜBERTRETEN! WIR KÖNNTEN ZU BLUMENTÖPFEN WERDEN ODER UNS IN UNSERE MOLEKÜLE AUFLÖSEN!
AUßERDEM WARTET DA DRIN DR. KLAUE AUF UNS! DER IST SUPER STARK!
WIR SOLLTEN ZUNÄCHST EINE AUSFÜHRLICHE UNTERSUCHUNG DES PORTALS VORNEHMEN!
... EIN SUPERSTARKER GEGNER, SAGST DU ...
NA, WIE GUT, DASS DIE STÄRKSTE KÄMPFERIN DIESER DIMENSION EURE FREUNDIN IST!
KIA!!
SCHWOP!!

WEG! TJA, DAS WAR'S WOHL MIT DER ÄRMSTEN.
AL-SOO, WAS MACHEN WIR JETZT?
WIR GEHEN AUCH REIN!

HAST DU MIR NICHT ZUGE-HÖRT? DAS IST MEGAGEFÄHR-LICH!!
WEIẞT DU, KUMPEL, MEINE OMA HAT IMMER GESAGT:

WHAAAAA!!
PROBIEREN GEHT ÜBER STUDIEREN!!

ROMS!
HEPP!
AUTSCH!

DAS IST ALSO DIE 6TE GEISTER-DIMENSION?

HEY, LEUTE!
KOMISCH HIER...

COOL, DASS IHR EUCH AUCH REIN GETRAUT HABT! ICH WUSSTE, IHR SEID KEINE LANGWEI-LER.
MAX!
PAH!
DAS WAR HÖCHST UNÜBER-LEGT! ES HÄTTE SONST WAS PASSIE-REN KÖNNEN!
ICH KORRIGIERE: DIE MEISTEN VON EUCH SIND KEINE LANGWEILER.
HAST DU EINE SPUR VON DOKTOR KLAUE?
DA!
BRÜDER! ICH BIN GE-KOMMEN!

WO STECKT IHR? HÖRT IHR MICH?
!
DICH KANN MAN JA NICHT ÜBERHÖREN, SO WIE DU HIER RUMBRÜLLST!
VIELLEICHT HABEN SIE EINFACH KEINE LUST AUF DEINE FIESE VISAGE!
IHR! LANGSAM WERDET IHR LÄSTIG! NA WARTET, ICH BEENDE DAS JETZT!
PORTAL!
HIIA!!
?!
RABAUTZZZ!!!

KRACH!
NIMM DAS!
AUA!
SCHNELL, LEUTE! VOLLE ATTACKE!
ICH VERMUTE, ER MUSS SICH STARK KONZEN-TRIEREN, UM EIN PORTAL ZU ÖFFNEN!
UND OHNE PORTAL KEIN LASERSTRAHL!
ALLES KLAR!
BIST DU BEREIT, ARAZHUL?
KLARO! ICH WURDE BEREIT GEBOREN!
FING!

SEHR GUT!
DANN ATTACKE!
OH MIST!
WAHA-HAAA!
SCHNAPP IHN DIR, ARAZUHL!
DONG!
DEN HAB ICH!
SCHMET-TERBALL!
FING!

AHH!!! ICH MUSS EIN PORTAL ÖFFNEN, SONST BIN ICH GELIEFERT ...
HI! BIST DU AUF 'NEM HÖHENFLUG?
FLUU!
KOMM MAL WIEDER RUNTER!
FOSH!!!
UFF!
DONG!
AHRG! ICH MUSS MICH KONZEN-TRIEREN!
DU ÄRMSTER! WEIẞT DU, WAS MIR DA IMMER HILFT? EINE BANANE!

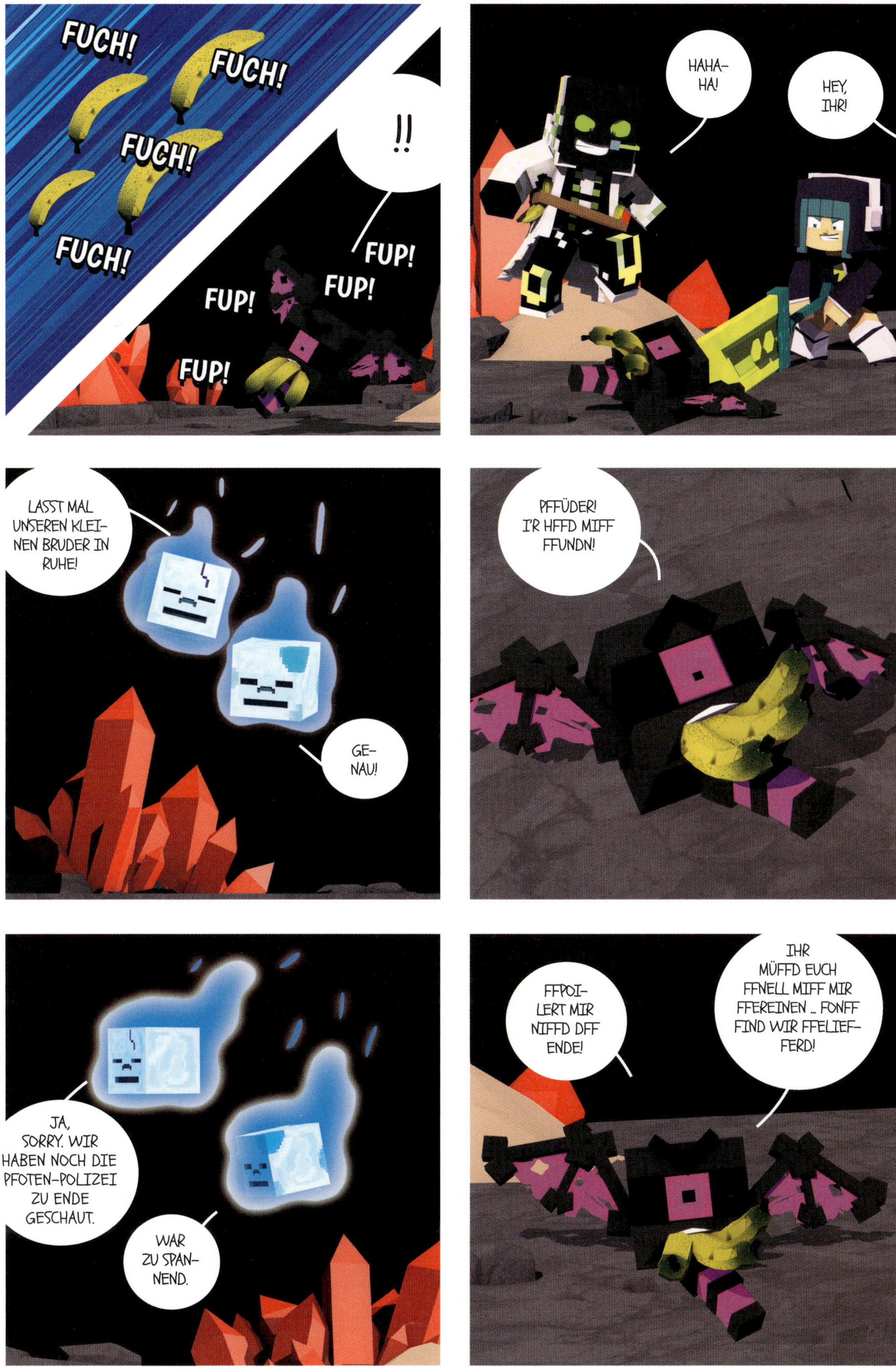
FUCH!
FUCH!
FUCH!
FUCH!
!!
FUP!
FUP!
FUP!
FUP!
HAHA-HA!
HEY, IHR!
LASST MAL UNSEREN KLEI-NEN BRUDER IN RUHE!
GE-NAU!
PFFÜDER! I'R HFFD MIFF FFUNDN!
JA, SORRY. WIR HABEN NOCH DIE PFOTEN-POLIZEI ZU ENDE GESCHAUT.
WAR ZU SPAN-NEND.
FFPOI-LERT MIR NIFFD DFF ENDE!
IHR MÜFFD EUCH FFNELL MIFF MIR FFEREINEN ... FONFF FIND WIR FFELIEF-FERD!

UFF.
WENN'S SEIN MUSS ...
HABT IHR IRGENDWAS VON DEM GENUSCHEL VERSTANDEN?
NICHT EIN WORT.
FUSCH!!
HAHAHA!
FOSCH!!
WHAT DA FISH!
MUA-HAHA!
WIR SIND SUPER-KLAUE!!!

!!
UND DAS HIER IST UNSER ...
SUPER-GEISTER-LASERSTRAHL!!
GANZ OHNE PORTAL, DANK GEISTER-ENERGIE!!!
ZOSCH!!
KABOOM!!
HA-HAHA!! GUTE REFLEXE.
ABER JETZT HABEN WIR EUCH GENAU DA, WO WIR EUCH HABEN WOLLEN ...
... UNSEREM NÄCHSTEN ANGRIFF KÖNNT IHR NICHT AUS-WEICHEN!
ALLES IST AUS!
OH NEIN...
SCHLUCK! ER HAT RECHT ...

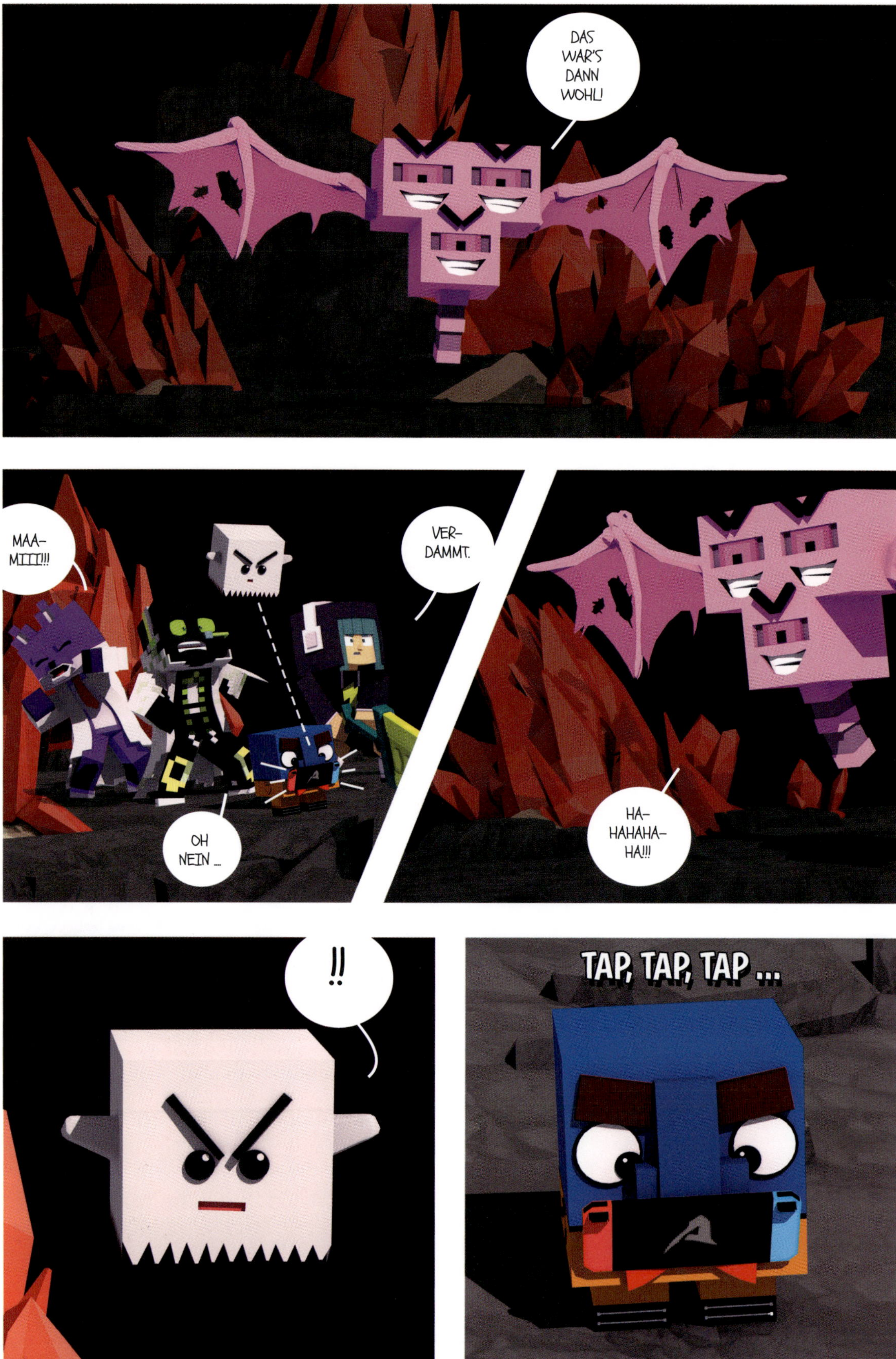
DAS WAR'S DANN WOHL!
MAA-MIIII!!!
VER-DAMMT.
OH NEIN ...
HA-HAHAHA-HA!!!
!!
TAP, TAP, TAP ...

PACK!
WERF!
...
KRACH!!!

LORD NASE ERREICHT
LEVEL 10
GAME OVER
NEUSTART?
5EXP
5EXP
5EXP

DU FINDEST:
LEGENDÄRES SCHWERT
CHAOS BINDER
LORD NASE ERREICHT
LEVEL 260
SAUG!!
ERLEDIGT:
GRANTEL SILBERFANG
SIEG!
9999

PRO-
FESSOR
NASE? ALLES
OKAY BEI DIR?
SAUUU...
...UUUG!

AHH!!
SCHNAAUUUUUUFFFF!
RODOMM!!

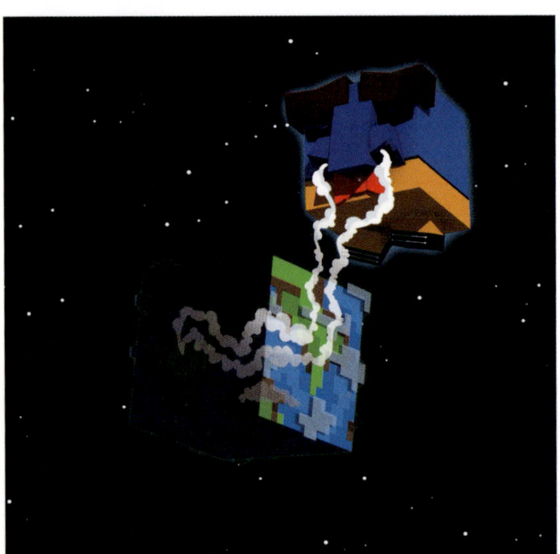

FING!

LEUTE, WAS IST DAS DENN?!
EIN KOMET?
NEIN … ICH GLAUBE, ES IST PROFESSOR NASE!
WHAT …
… DA …
… FISH?!
SCHMETTER!

AHH!!
RABAUZ!
DR. AUGE!!
YAAY! GERETTET!
DONG!
WIR SOLLTEN UNS BEEILEN, LEUTE! ICH GLAUBE, DAS PORTAL SCHLIEẞT SICH!
HEY PRO-FESSOR NASE, KOMMST DU?
KOPF HOCH, DU KOMMST DRÜ-BER WEG.
IST VIELLEICHT AUCH GANZ GUT SO, DU HAST IN LETZTER ZEIT ECHT VIEL GEZOCKT. DAS WAHRE LEBEN KANN AUCH SCHÖN SEIN!
...
WARTET FREUNDE, WIR KOMMEN!

DAS SIND DIE RABAUKEN, HERR DIREKTOR...
SO, SO ...
OH SCHRECK!
LANDE!
...
.... ICH SCHÄTZE, ICH MUSS MICH BEI EUCH BEDANKEN.
HÄ?!
MAX POWER HAT MICH IN EINE KISTE GESPERRT UND WOLLTE DIESE SCHÖNE SCHULE ÜBERNEHMEN. IHR HABT UNS EINEN GROẞEN DIENST ERWIESEN, INDEM IHR SIE VERTRIEBEN HABT.
DESHALB WERDE ICH AUCH VON EINER STRAFE FÜR DAS HEIMLICHE BETRETEN DES SCHULGELÄNDES ABSEHEN, WIE ES EINIGE MITARBEITER FORDERN.
ALSO, VIELEN DANK EUCH ALLEN. ABER JETZT SOLLTET IHR WIRKLICH GEHEN.
HEHE ... KLARO!
DANN MACHT'S MAL ALLE GUT!
OH GEIST, DU KOMMST MIT UNS?
SCHNELL WEG HIER ...
EINEN MOMENT!

HABT IHR NICHT WAS VER-GESSEN?
OCH NEE ...
HÄ? NÖ ...
NACHSITZEN
URG ... MATHE ... VOLL GRUSE-LIG!
DU SAGST ES ... DIE AUFGABEN SIND FÜR GRUND-SCHÜLER ... VIEL ZU EINFACH!
ICH WEIGERE MICH, ETWAS ZU TUN! ICH WEIß ÜBERHAUPT NICHT, WARUM ICH NACH-SITZEN SOLL!!
NICK NICK

IHR ZWEI HABT DOCH DAS GANZE CHAOS ANGERICHTET!
WENN ES NACH MIR GINGE, WÜRDET IHR DIE NÄCHSTEN 200 JAHRE NACHSITZEN!
ICH HABE DOCH SCHON DREIMAL ERKLÄRT, DASS WIR DAS NICHT WAREN!
MAX, LASS DOCH GUT SEIN …
STUPS!
LEUTE … WAS FÜR EIN ABENTEUER!
UND SCHAUT MAL, DIE SONNE GEHT AUF, DANN IST DER SPUK BALD VORBEI.
WAS UNS WOHL ALS NÄCHSTES ERWARTET?
MICH ERSTMAL MEIN BETT.
HAHA, OH JA!
ENDE

ARAZHUL
ONLINE-SHOP
SORRY!
FALLS IHR MAL EIN GESCHENK
ALS ENTSCHULDIGUNG BRAUCHT:
SHOP.ARAZHUL.DE

GEIST.O.MAT